suhrkamp taschenbuch 531

Hermann Lenz, am 26. 2. 1913 in Stuttgart geboren, studierte Germanistik, Kunstgeschichte und Philosophie in München und Heidelberg. Während des Zweiten Weltkriegs war er Soldat. Nach der Rückkehr aus amerikanischer Kriegsgefangenschaft unternahm er das bis heute durchgehaltene Wagnis freien Schriftstellertums. Seit 1976 lebt Hermann Lenz in München. Er debütierte 1936 mit Gedichten (denen erst 1978 ein zweiter Zyklus folgte) und schrieb sodann Erzählungen *Das stille Haus,* 1947; *Das doppelte Gesicht,* 1949, denen 1959 sein erster Roman *Der russische Regenbogen* und in schneller Folge weitere Romane und Erzählungen folgten: *Nachmittag einer Dame,* 1961, *Spiegelhütte,* 1962, *Die Augen eines Dieners,* 1964, *Im inneren Bezirk,* 1970, *Der Kutscher und der Wappenmaler,* 1972, *Dame und Scharfrichter,* 1975.

Hermann Lenz schrieb vier autobiographische Romane: *Verlassene Zimmer,* 1966, *Andere Tage,* 1968, *Neue Zeit,* 1975, *Tagebuch vom Überleben und Leben,* 1978.

Der Roman *Die Begegnung* erscheint 1979. Das Werk von Hermann Lenz wurde 1978 mit dem Büchner-Preis ausgezeichnet.

Versöhnung – ihr Symbol: der Regenbogen – ist das Ziel dieses frühesten Romans von Hermann Lenz. Was ihr vorausgeht: die letzten Kriegsmonate, der Rückzug der deutschen Armee, die Bombardierungen der deutschen Städte, scheint sie zunächst nicht bewirken zu können, nicht jedenfalls bei all denen, die zu den *displaced persons* gehören, den Kriegsgefangenen, Zwangsarbeitern, aus den KZ's befreiten Juden.

Die junge Russin Tamara, das Ich des Romans, ist eine solche Person. Als Zwangsarbeiterin wird sie 1944 nach Ostpreußen geschafft, von dort flieht sie, gelangt aber nur in das Fremdarbeiterinnenlager einer süddeutschen Stadt. Ihr moralischer Halt sind ihr Haß und das Gift, das sie in der Jacke versteckt hat und das sie vor dem Unerträglichen bewahren soll. Doch Tamara Lasowskaja, einstige Medizinstudentin, jung, schön, erträgt viel, läßt sich durch nichts entmutigen, zu nichts verführen.

Als die Amerikaner sie und ihre Leidensgenossinnen befreien, kann ihr die Jubelstimmung der anderen, deren unrealistisches Heimatgefühl für das ihnen nun gleichsam gehörende Deutschland wenig anhaben. Doch sie lernt zu verzeihen. Sie gibt ein Fest, das Opfer und ehemalige Feinde vereint, und kehrt illusionslos in ihr Land zurück.

Hermann Lenz

Der russische Regenbogen

Roman

Suhrkamp

suhrkamp taschenbuch 531
Erste Auflage 1979

Suhrkamp Taschenbuch Verlag
Satz: IBV Lichtsatz KG, Berlin
Druck: Ebner Ulm. Printed in Germany
Umschlag nach Entwürfen
von Willy Fleckhaus und Rolf Staudt

Der russische Regenbogen

I

Im Feldlazarett hatte ich es gut. Zuerst ließen sie mich Wäsche waschen, dann sagten sie zu mir: »Zieh den weißen Kittel an, Tamara«, weil sie wußten: Die hat Medizin studiert. Im weißen Kittel durfte ich dem Zahnarzt helfen.

Das dauerte anderthalb Jahre. Dann hieß es: »Einsteigen!«, und sie brachten mich mit anderen russischen Mädchen und Frauen im Lastwagen weg. Auf dem Auto schwankten wir wie Ähren, der Motor brummte und schnaubte, in der Ferne wurde geschossen, und einmal fuhren wir durch ein Dorf, wo nur Staub, zitternde Mittagshitze und schwarze Strohdächer zu sehen waren.

Einen Tag später hielten wir auf einem Gutshof in Ostpreußen. Dort lehnte ich mich an die Backsteinmauer. Es war warm und roch nach Heu und Benzin. In meiner Wattejacke drückte ich mich an die Mauer. Auf dem Stall war ein Storchennest. Die Storcheneltern flogen immerzu und stopften klappernde Schnäbel. Vor einem Brunnen lagen Soldaten auf grauen Decken neben Bauerndirnen, schwatzten und lachten. Als ich vorbeiging, schwiegen sie. Dann sagte einer: »...wie eine Zigeunerin.« Ich spürte Blicke im Rükken und dachte: Was sage ich, wenn sie mit mir reden wollen... als hätte ich noch nie mit Deutschen gesprochen. Aber hier war zwischen mir und denen plötzlich eine Glaswand. Das heißt, die Glaswand war immer dagewesen, aber ich hatte sie zuweilen kaum gespürt.

Jetzt spürte ich sie deutlich, denn hier hatten sie etwas mit uns vor. Sicher nichts Gutes, dachte ich. Aber wenn es schlimm würde, nähme ich das Glasröhrchen. Ich tastete am Saum meiner Wattejacke entlang, bis ich es durch den Stoff spürte. Da war es, kaum länger als ein Fingerglied. Mein Vater hatte es mir gegeben und gesagt: »Wenn es dir unerträglich wird, nimm das Glasröhrchen.« Weiße Kristalle waren darin; die konnte ich jederzeit hinunterschlucken.

Sommerwärme. Der verschlammte Brunnen träufelte. An das Herrenhaus war eine Glasveranda angebaut, über die Efeu in langen Ketten herabhing. Steinstufen führten zur Tür hinauf. Die Tür war offen. Dahinter stand ein Sofa aus Strohgeflecht wie bei uns daheim auf der Krim; es erinnerte mich an einen welken, mit Spitzen bedeckten Frauenarm. Auf einem runden Tisch stand eine Schreibmaschine.

In der Glasveranda ging eine Tür auf. Ein Mädchen tänzelte herein, ein Kind im grünen Röckchen. Es verneigte sich, hielt den Rocksaum in spitzen Fingern und knickste. Eine Männerstimme sagte »Du Fratz« zu ihm. Das Mädchen drehte sich auf einem Bein, hängte sich dem Soldaten an den Arm und fragte: »Sie finden das hübsch?« Sie lachte. Der Soldat trug eine Brille. Er ging mit Nagelschuhen über den Teppich im Salon neben der Glasveranda, in den ich auch hineinsah. Der Soldat bewegte sich wie einer, der weiß, daß man mit Nagelschuhen nicht auf einen Teppich tritt; er bewegte sich linkisch. Im Salon dämpften Gardinen das Licht, dunkelrote Plüsch-Kanapees wölbten ihre Sitze; eine Standuhr schlug und schwang gravitätisch ihren Perpendikel.

»Man muß immer heiter in die Zukunft schauen, mein lieber Herr Abel Heyn!« sagte das Mädchen.

Ich ging weiter und dachte: der heißt also Abel. Heiter in die Zukunft zu schauen, fällt ihm schwer. Dieses Kind war ein Märchenwesen. Ein glatzköpfiger Mensch mit schiefer Schulter und einem Zwicker ging über den Hof. »Der Bauer«, sagte ein Mädchen, und ein Soldat fragte: »Der Bauer? Der?« Und nun lachten sie. Der Bauer sagte etwas zu einem Stallburschen, dessen breiter Kopf vor Kraft zu platzen schien. Hinter der Glasveranda dehnte sich ein verwilderter Garten mit einem schlammigen Teich.

Später hieß es, heute abend müßten wir uns alle in der Glasveranda melden. Jetzt kommt es, dachte ich und ließ den Abend herankommen. Ich hockte an der Backsteinmauer auf meinem Bündel in der Sonne. Immer noch roch's nach Benzin und Heu. Der Gutshof war verschlampt; kein Wunder bei einem solchen Bauern. Aber das gefiel mir gut. Es war, als wüchse neben mir das Unkraut rascher und ich sähe es wuchern.

»Komm, Tamara, du mußt dein Dokument mitnehmen«, hieß es dann. »Ja, ich komm schon. Geht nur voraus.« Dokument hieß bei uns der Ausweis, den man mir im Feldlazarett gegeben hatte.

Abseits von den andern stand ich in meiner braunen Wattejacke vor der Glasveranda. Ich hörte Abel zu dem Kind sagen: »Du mußt mich allein lassen. Ich muß doch klappern...« Und er tat, als spielte er mit gespreizten Fingern in der Luft Klavier. Das Mädchen legte die Hand an die Lippen: »Ach so... Aber ich darf sie hereinrufen?«

Er nickte, setzte sich mit dem Rücken zur Tür an den Tisch und wartete. Das Kind trat auf die Treppe vor der Glasveranda und rief: »Bitte einzutreten, meine Herrschaften! Man erwartet Sie mit einer Schreibmaschine!«

Nun gingen sie zu Abel hinein. Er zog den Kopf ein hinter seiner Schreibmaschine. Er tippte ihre Namen Die Maschine raschelte wie Gras, es war, als hätte ich verstopfte Ohren. Abel sah niemand an, als schäme er sich. Die Frauen trugen schwere Röcke bis zu den Knöcheln. Sie waren ängstlich wie ich. Sie hatten grauglitzernde Augen und graues Haar. Unterwürfig waren sie und hatten Kopftücher unterm Kinn zusammengeknüpft. Ich trug kein Kopftuch und war nicht unterwürfig. Aber mit Gewalt etwas erreichen zu wollen, das war falsch.

Jetzt hatte Abel alle aufgeschrieben, wie es befohlen war. Als letzte schlich ich mich in die Glasveranda und wartete neben der Tür. Abel stand auf.

Das Kind im grünen Röckchen rieb mit einem nackten Fuß sein Bein und preßte einen Finger an den Mund. Dann deutete es in die Ecke, wo ich stand.

»Ich kann nicht Bauernarbeit«, sagte ich. Die Worte brachte ich nur mühsam hervor. Mich würgte etwas.

Liefert mich der Abel aus? Wird er etwas dafür verlangen, wenn er mir hilft? Wenn das Kind nicht den Mund hält, ist er verloren. Und ich bin auch verloren, dachte ich.

Das Kind trat in die offene Tür und sagte auf den Hof hinaus:

»Meine Herrschaften, Sie können nach Hause gehen. Die Sprechstunde ist beendet. Niemand außer dem jungen Herrn Oberschreiber ist noch hier anwesend. Oder sollten Sie auf jemand warten?«

Ich hörte die andern draußen murmeln. Eine rief meinen Namen, und eine andere sagte leise auf russisch: »Die hat sich gedrückt. Die ist etwas Besseres als wir... Eben war sie noch hier.«

Das Mädchen drehte sich um, schaute herein in die Glasveranda und sah wieder zu denen hinaus, die draußen standen. Es lächelte. Dann zuckte es mit den Schultern und öffnete die Hände wie ein Redner, der alles gesagt hat. Schmetternd warf es die Glastür zu, packte mich an der Hand und flüsterte: »Komm schnell mit!« Abel rief es zu: »Herr Heyn, widmen Sie sich gefälligst Ihren Schreibarbeiten! Ihr Vorgesetzter, der Herr Zahlmeister naht!«

Das Mädchen zog mich in den Plüschmöbelsalon hinein. Nebenan ließ Abel die Schreibmaschine klappern. Es klang wie Steinchen, die an eine Fensterscheibe geworfen werden. Eng an das Mädchen gedrückt stand ich mit ihr neben der Uhr, die langsam tickte. Ich spürte ihren Schlag durchs Holz, spürte das Mädchen, das den Zeigefinger an die Lippen preßte und zu mir emporlächelte. Es hatte grünliche Augen, die schillerten und blitzten. Plötzlich streckte es den Finger aus und deutete auf einen großen ovalen Spiegel. Darin sah ich, wie drüben die Tür zur Glasveranda aufging.

Mit festem Schritt erschien der Zahlmeister. Seine hohe Stirn war von blondem Flaum umrahmt. Er war ein rotbackiger Mann, ging auf und ab und redete mit sich selbst: »Hier muß es doch Reitpferde geben. Was meinen Sie, Heyn? Wie wär's, wenn ich da in der Früh ausritte? Na? Aber ja – die Liste. Sie haben sie fertig? Sie übergeben mir die Liste und wissen, welche Bedeutung für die deutsche Landwirtschaft – Na, ist auch egal. Sie haben niemand vergessen auf der Liste? Hoffentlich. Sonst kommt Ihnen der Kopf runter. Das ist Ihnen klar? Na also. Auch egal... Her mit dem Wisch. Der Bauernführer hat mir mächtig eingeheizt. Ich muß ihm das Papier persönlich übergeben... So ein Esel... Heyn, jetzt sind wir in Deutschland! Miese Situation. Beschissen. Aber immer noch zweihundert Kilometer weg von der Drecklinie. Russische Sklavinnen für die Bauern in Ostpreußen... So ein Mist!«

Er verschwand mit dem Papier. Als die Tür hinter ihm zuklirrte, huschte das Mädchen hinaus, stolzierte in der Glasveranda auf und ab und machte den Zahlmeister nach: »Heyn, Sie sind sich im klaren? Der Kopf kommt Ihnen runter...«

Sie trat neben Abel, sah in seine Papiere, indem sie den Kopf schräg legte: »Ihre schriftlichen Arbeiten sind miserabel, Heyn.« Sie warf den Kopf herum und schaute in die Luft: »Ihre russische Freundin, mein Herr, weilt nebenan im Salon. Kümmern Sie sich gefälligst um sie.«

»Oh... dort darf sie nicht bleiben. Du mußt sie verstecken!«

Das Mädchen blies sich eine Haarlocke aus der Stirn: »Ph!« Auf eine Stuhllehne gestützt, verzog es den Mund und sah Abel aus schmalen Augenschlitzen an: »Wie komme ich dazu, die zu verstecken? Was denken Sie sich eigentlich, Herr Heyn...« Und leise sagte es: »Wenn ich dem Zahlmeister verrate, daß... Nicht wahr, das könnte peinliche Folgen für Sie haben?«

»Dann wirst du sehen, was passiert«, sagte Abel und machte den Mund schmal.

»Oh, mein lieber Abel... ich möchte Sie nicht kränken. Aber ist es nicht verständlich, daß ich Eifersucht verspüre? Also gut – ich bringe Ihre Freundin in unsere Waschküche.«

»Sie darf nicht aus der Waschküche heraus. Verstehst du?«

»Freilich darf sie. Wer will es ihr verbieten? Aber kommen Sie mit mir. Ich will Sie beruhigen. Damit Sie sehen, wo ich Ihre Freundin unterbringe, begleiten Sie mich jetzt.«

Auf Zehenspitzen schleichend, kam sie in den Salon, winkte mir und führte mich in die Waschküche. Abel begleitete uns. Dort sagte sie:

»Da habt ihr euch. Nun feiert Verlobung. Ich wende mich derweil ab.«

Sie drehte sich um. Ich sah Abel an, der vor einem spinnwebschleierigen Fenster stand und lächelte. Er wurde rot. Nach einer Weile fragte das Kind:

»Seid ihr fertig? Darf ich mich umwenden? War es schön?«

Später saß ich hinterm Haus in einer Laube. Sommerluft mit Stall- und Heudunst und dem Geruch des schlammigen Teichs geschwängert, der hinterm Beerengestrüpp austrocknete, wehte vorbei und mischte sich mit dem Honigduft der Holunderblütenteller, die wie gelbe Kuchenfladen zwischen matten Blättern schwebten. Das Kind brachte Kaffee, Butter und Brot. Es stützte das Kinn in die Hand und schaute zu mir herüber. Ich hatte meine Wattejacke hinter mir über den Stuhl gehängt.

»Wie herrlich sie aussieht, wie wunderschön...«, flüsterte das Mädchen Abel zu. »Ihr braunes Gesicht... Ihre weiße Bluse... Eine Sonnenblume ist darauf gestickt.«

Immerzu schaute sie mich an. Ich trank Kaffee und dachte: Ob sie mich verrät? Ich wußte, daß Abel Angst hatte. Oder hatte er keine Angst? Er rauchte eine Zigarette und sagte, an der Front, vor jedem Angriff, habe er immer gedacht: Es interessiert mich, wie ich mich verhalten werde. Ob ich durchkomme? »Das denkst du jetzt auch«, sagte ich.

»Oh«, flüsterte das Mädchen, »ihr sagt zueinander Du?« Es nahm Abel die Zigarette aus der Hand, rauchte und sah an mir vorbei. Dann hustete es, drückte den Stummel auf dem Steintisch aus, sagte: »Und jetzt zum Quartier, wo sie sich verstecken kann!« strich den Rock glatt und nahm meine Wattejacke.

Das Kind ging durch die Beerenwildnis voraus. Ein Blätterdach zitterte über mir, dann dunstete eine Abfallgrube faulig vor heißen Backsteinmauern. Ein ausgesengter Pfad wand sich zu einer Mauerlücke. Das Kind lachte, stieg voraus ins Mauerloch und kletterte innen über eine Leiter. Hinter mir kam Abel und trug mein Kleiderbündel.

Oben bauschte sich das Heu wie grünlich graue Wolken. Da und dort lag eine Tafel aus Licht. Der Boden war von Vierecklöchern durchbrochen, um das Heu, das die Löcher überwölbte und verdeckte, von unten zu durchlüften. Hier konnte man hinunterstürzen und sich das Genick brechen. »Kniiks oder knaaks macht das brechende Genick...« flüsterte das Mädchen und lachte mit schadhaften Zähnen, tänzelte aber sogleich über die grünen, federnden Polster und rief: »Sehen Sie, mich trägt's, mich trägt es noch!« Es schwebte zurück zu mir und drohte: »Nie weggehen von dem Platz neben der Leiter!« Abel hatte mein Bündel aufgerollt; ich hatte eine geflickte Steppdecke, auf der es sich im Heupolster gut schlafen ließ. Das Mädchen zog die Schuhe aus und umschritt mein Lager, indem es Unverständliches murmelte und mit den Fingerspitzen die Zipfel der Steppdecke berührte. Es kam mir vor, als werde das Mädchen durchschienen von der Sonne wie ein halber Schatten.

»Hier sind Sie gut verborgen. Wir lassen Sie nun hier ... Kommen Sie, Abel, reichen Sie mir Ihre Hand, damit ich wohlbehalten über die Leiter komme. Auf Wiedersehen, Fräulein Tamara.«

Ich winkte ihr und Abel zu und legte mich ins Heu. Unten rumorten Schweine, Flügel flatterten im Sand, Hühner scharrten und gruben Mulden. Ein zirpender Vogel huschte mit rosazitterndem Schwanz vorbei.

Abends kam das Kind im grünen Röckchen zu mir heraufgestiegen und hielt einen Topf mit Suppe über den Kopf empor. Ich nahm ihn ab. Das Mädchen hockte neben mir: »Sie sollen essen, Fräulein Tamara. Und sicher wissen Sie es schon: Abel ist fort, und alle andern auch. Was machen wir aber mit Ihnen?«

Das Kind schaute mich an, drehte sich plötzlich um und warf sich mit dem Gesicht voran ins Heu. Ich tastete nach dem Glasröhrchen mit Gift, das mir mein Vater geschenkt hatte. Ich spürte es am Saum der Wattejacke.

Dann nahm ich meinen Blechlöffel aus der Tasche

und fing an, die Suppe zu essen. Es war eine fette Suppe mit Fleischbrocken, Kartoffeln und Gemüse; sie schmeckte würzig. Es war warm im Heu. Ich streichelte das Haar des Mädchens. Es richtete sich auf. Trockene Grasfasern klebten auf seinen nassen Lidern. Das Mädchen stand auf, schüttelte sich, klopfte seinen Rock aus und wischte sich die Augen. »Fräulein Tamara, ich stehe wieder auf meinen Füßen«, flüsterte es und setzte sich zu mir. Ich löffelte die Suppe. Der rotschwänzige Vogel wisperte oben im Dach. »Sie haben keine Angst, ich habe keine Angst – was wollen wir mehr? Wir werden heiter in die Zukunft schauen.« Das Mädchen summte eine Melodie, ich glaube, es war der rote Sarafan. »Ihr singt das auch?« fragte ich. Das Mädchen sagte: »Ja. Alle singen dasselbe Lied. Deutsche Leute und russische Leute singen dasselbe Lied. Deutsche Leute und russische Leute essen gern gute Suppe. Deutsche Leute und russische Leute haben keine Angst.« Das Mädchen setzte seinen Singsang fort und vermischte die Worte »deutsche Leute« und »russische Leute«. Wieder tänzelte es über den Heuhaufen. Hinter mir reichte das Heu bis zum Dach. »Das ist eine Welle... eine Welle aus Heu. Sie deckt Fräulein Tamara zu... macht Fräulein Tamara unsichtbar, wenn es notwendig ist...«, summte das Mädchen hinter mir.

Da knarrte die Leiter. Das Mädchen hob den Zeigefinger und hatte große Augen. Wir lauschten. Unten gackerten Hühner. Gebüsch rauschte. Wieder dieses Knarren, dieses Geräusch. Ein Schuh kratzte. Es hörte sich an, als putze jemand erdige Stiefel an einer Leitersprosse ab. Dann tauchte vor mir der Kopf des

Bauern aus dem Loch zwischen dem Heu auf. »Onkel...« sagte das Mädchen und legte den Zeigefinger auf die Lippen. Der Bauer lächelte. Er legte auch den Zeigefinger auf die Lippen. Faltig kam sein Hals aus dem Kragen. Seine Glatze hatte Schweißtröpfchen, und sein Zwicker zitterte. Ein dünner Schnurrbart hing ihm über den Mund. »So was...« murmelte der Bauer, »so was...« und wackelte mit dem Kopf. »Alle sind doch fort«, sagte er, »warum kommst du nicht herab mit Fräulein Tamara? Die Soldaten sind verschwunden. Fräulein Tamara ist mit uns verwandt. Fräulein Tamara ist eine Verwandte. Warum soll ich nicht eine Verwandte in mein Haus aufnehmen? Fräulein Tamara muß hoheitsvoll sein, hoheitsvoll gegen das Personal... Vor den Dienstleuten muß sie hoheitsvoll sein. Von oben herab lächeln... nichts reden, herumgehen, stolz und schön. Fräulein Tamara kann sich zeigen. Allerdings, nicht zeigen darf sie sich dem Bauernführer. Du paßt auf, daß sich Fräulein Tamara nicht dem Bauernführer zeigt.«

Eine lange Ansprache, die der Bauer mit zitterndem Zwicker aus seinem Loch zwischen den Heubüscheln hielt. Er blinzelte, hob den Zeigefinger, lächelte und stolperte die Leiter hinab. Langsam versank sein Kopf. Schlurfende Schritte. Hühnergackern. Dann war es still. Ich dachte: Das Glasröhrchen brauchst du noch nicht.

»Wie heißt du?«, fragte ich das Mädchen.

»Ilse. Ilse Lührs. Ilsebill... Was ist ein Name? Ein Name ist ein Hauch. Ein Name bedeutet im Windhauch nichts.« Es bückte sich zum Heu: »Heu, was bedeutet für dich Ilse Lührs? Sehen Sie, Fräulein Tamara, das Heu schweigt. Der Wippvogel mit dem rosa Schwanz sitzt da und schweigt. Drüben in der Fensterluke sitzt er. Fürs Heu, fürs Gras ist Ilse Lührs: Zwei nackte Füße, verschwitzte Füße, zerkratzte Füße, die es treten, die es streifen. Fräulein Tamara, stehen Sie auf. Kommen Sie. Ich erlaube mir, Sie einzuführen in das Haus des Onkels.«

Sie streckte mir die Hand entgegen. Ich ergriff ihre Hand und dachte: Die Wattejacke nehme ich mit, auch wenn es heiß ist. Die Wattejacke mit dem Glasröhrchen. Das Mädchen führte mich zur Leiter, als wolle es mit mir tanzen. Zuerst stieg ich hinunter, dann kam das Mädchen. Unten war eine Remise. Vor mir stand ein rostiger Traktor. Das Mädchen deutete darauf: »Der ist ausgedient. Der bekommt nix mehr zu fressen. Es gibt zu wenig Benzin.« Sie hielt meine Hand fest, schlüpfte am Traktor vorbei, bückte sich unter einem verstaubten Kummet und zog mich mit. Ich streifte ein Pferdegeschirr mit Schellen, die klingelten. »Im Winter machen wir eine Schlittenfahrt«, sagte das Mädchen. »Dann klingeln die Schellen. Sie werden rote Backen kriegen, Fräulein Tamara.«

Vor mir stand der Bauer. Er hatte seinen Kittel ausgezogen und sah in Hosenträgern und Hemdsärmeln noch schmächtiger aus. Mit schiefen Schultern stand er gebückt da, ein schwarz beschmiertes Holzstück in der Hand. »Die Kutsche muß man mit Wagenschmiere schmieren«, sagte das Mädchen. »Jeden Abend ist der Onkel hier und putzt die Kutsche. Er pflegt die Kutsche. Eine Kutsche muß man pflegen, damit sie fährt. Sehen Sie die alte Kutsche. Mein Onkel hat seine

Hochzeitsfahrt darin begangen.«

Nun sah ich das Gefährt. Es hatte hohe Räder. Der Bauer strich Wagenschmiere in die Rädernaben. Ein Lederverdeck war hochgestellt. Darunter ein zerschlissener Sitz aus grünem Plüsch. Das Mädchen kletterte hinauf und setzte sich. »Nehmen Sie Platz, Fräulein Tamara«, sagte es und rückte zur Seite. Ich setzte mich zu ihr. Die Deichsel war heraufgestellt und berührte das Lederdach. »Hier haben wir alle Platz: der Onkel, Fräulein Tamara und ich«, sagte das Mädchen. Ich sah gegen eine Backsteinwand. Die beiden Messinglampen der Kutsche glänzten blank geputzt; dicke Kerzen steckten darin. Der Bauer tauchte auf und fragte: »Sitzen Sie bequem, Fräulein Tamara?« – »Ja, ich sitze bequem«, sagte ich und dachte: das sind komische Leute. Der Bauer, der wie ein Kanzlist aussah, putzte heimlich seine Hochzeitskutsche. »Hören Sie?« fragte das Mädchen und hob den Zeigefinger. Ein Rumpeln war zu hören, als fielen weit weg Kisten oder Kanister zusammen. »Ostwind«, sagte das Mädchen. »Abendwind. Abends hören Sie bei Ostwind die Front. Auch wenn die Fenster geschlossen sind. Ihre Kanonen – russische Kanonen? Unsere Kanonen – deutsche Kanonen?«

Kommt schnell näher, russische Kanonen, dachte ich.

»Wir müssen jetzt gehen. Es wird dämmerig. Im Zwielicht gehen Sie am geschwindesten ins Haus des Onkels«, sagte das Mädchen. »Ihre Sachen bleiben oben. Dort ist Ihr Versteck. Die Wattejacke haben Sie. Im Haus des Onkels gibt's auch für Sie Kleider und Wäsche. Aber Sie bevorzugen Ihre Wattejacke?«

Ich nickte. Gewiß, ich bevorzugte meine Wattejacke und befühlte den Saum, wo das Glasröhrchen versteckt war.

Draußen war die Luft blaustaubig und fahl. Ich ging auf dem trockenen Weg hinter dem Mädchen. Im Zwielicht war ihre Gestalt wie aus Rauch. Denen soll ich trauen: dem Mädchen und dem Onkel? dachte ich. Ich traute niemand. Wenig reden, nichts reden. Ich konnte gut Deutsch. Jedes deutsche Wort verstand ich... Frösche quakten. Faulig roch der Teich. Auf dem Steintisch stand mein Kaffeegeschirr. In meiner Tasse war der schwarze Rest noch feucht. Ein Haus in Rußland fiel mir ein; darin waren die Tassen noch auf dem Tisch gestanden und jede hatte einen trockenen braunen Hauch am Boden gehabt. Die Bewohner waren fort, aber der Tee in den Tassen war zurückgeblieben und vertrocknet; ein Kinderbett hatte ein zerdrücktes Kissen, und auf dem Schreibtisch lag eine Brille. Es sah aus, als träte ich in ein Museum. Hier, im Haus des Onkels, lebte alles gerade noch, doch war es schon halblebig. Das Mädchen zog mich in die Küche, wo benutztes Geschirr aufgehäuft war. »Später wird das Geschirr gesäubert«, sagte das Mädchen. »Später... Oh, sehen Sie: ein Besucher...« Ich trat hinter die offene Tür, weil ich dachte: Es kommt jemand herein, der mich nicht sehen darf; vielleicht der Bauernführer. Das Mädchen bückte sich über die Schwelle. Da kroch ein brauner Käfer eilig neben mir unters Büfett. »Ein Schwabe oder ein Russe?« fragte das Mädchen. Die Küchenschaben hießen hier Schwaben und Russen. »Ein Russe«, sagte ich. Im Halbdunkel glitzerten die grünlichen Augen des Mädchens. Es lachte leise. Dann winkte es mir, verließ die Küche und huschte die Treppe hinauf.

Oben bekam ich ein Dachzimmer. Die Wohnung des Onkels war im Dach. Die Zimmer gingen ineinander. Ich sollte zwischen dem Onkel und dem Mädchen schlafen. »Richten Sie sich ein, Fräulein Tamara, machen Sie es sich behaglich. Ich ziehe mich zurück«, sagte das Mädchen. Ich setzte mich aufs ungemachte Bett. Es war, als sei eben ein Mensch daraus aufgestanden. Ich befühlte Kissen und Decke, aber das Bett war kalt. Das Grillenzirpen vor dem Fenster hörte sich wie gleichmäßiges Sieden an. Das Mädchen kam wieder zurückgehuscht und legte die Hand auf den Nachttisch. Da ging neben mir ein rosa Lämpchen an. Jetzt rumpelte es wieder in der Ferne. Ostwind... Russische Kanonen... dachte ich. Ich schlief nicht gern in diesem Bett. Mein Platz war im Heu. Hier kam mir alles weichlich vor. In einem Regal standen Bücher. Ich las die Titel: »Kokain« und »Luxusweibchen«.

Angekleidet, die Wattejacke unterm Kopf, legte ich mich aufs Bett. Dann hörte ich Stimmen. Ich fuhr auf. Es war fahl hell. Also vier Uhr, dachte ich. Neben mir brannte die rosa Lampe. Ich löschte sie schnell. Da stand auch schon das Mädchen in einem verwaschenen Hemd da. Es winkte: »Schnell, Fräulein Tamara... Schnell! Der Onkel redet mit den Herren im Hof.« Ein Motor brummte und schwieg. Sie haben wieder Lastwagen vor die Backsteinmauer gefahren, dachte ich. Bringen sie wieder Russenmädchen her? Dieser Unsinn: Russinnen nach Deutschland – »Tamara, los!«

Das Mädchen packte mich. Ich war in die Wattejacke geschlüpft, weil es mich fror. Dir kann nichts passieren, du hast das Glasröhrchen, dachte ich. Wir gingen durchs Zimmer des Mädchens – nur alte Möbel standen dort, sauber war das Zimmer bis in jeden Winkel, das Zimmer einer alten Dame – und standen im kahlen Flur. Von unten trappelten schwere Schritte. »Hier!« Das Mädchen stieß die Tür eines dumpfigen Verschlags auf und stopfte mich hinein. Da sah ich durch den Türschlitz Rohrstiefel und eine grüne Uniform. Das Mädchen lugte hinaus. »Der arme Onkel«, flüsterte es. »In Unterhosen, in Schlappschuhen... Wo hat er seinen Zwicker? Ohne Zwicker ist er blind... Nur ein deutscher Offizier ist angekommen. Ein plumper deutscher Offizier. Er will ein Quartier haben, will sich hinhauen, will schlafen. Er kriegt das Quartier des Fräulein Tamara. Wenn er wüßte, daß darin eine Russin... Ist das Bett noch warm, Fräulein Tamara?«

Ich zuckte mit den Schultern. Wäre ich doch im Heu geblieben, dachte ich. Drüben in den Zimmern hörte ich den Onkel sagen: »...das Zimmer einer Verwandten, Herr Major... Sie ist vor einer halben Stunde abgereist... Das Bett ist noch warm? Eine Täuschung, Herr Major... Ach ja, meine Nichte hat darin geschlafen. Meine Nichte ist noch ein Kind. Dreizehnjährig, vierzehnjährig... Ich glaube, im Februar ist sie fünfzehn geworden.« Das Mädchen drückte die Hand vor den Mund, um nicht hinauszulachen. Dann sagte es: »Ziehen Sie Ihre Wattejacke aus. Sie müssen jetzt allein in Ihr Nest schleichen. Finden Sie den Weg? Natürlich finden Sie den Weg. Wie dumm bin ich!« Es schlug sich an die Stirn und lauschte. Dann fiel eine Tür zu. »Ein energischer Herr, dieser Major. Er wirft mit Türen... Hören Sie, jetzt schließt er sogar ab.« Sie lachte: »Er fürchtet sich. In eine Räuberhöhle ist der Herr Major geraten.«

Ich ging allein hinunter, die Wattejacke überm Arm. Durch den Garten, zwischen Büschen. Die Vögel wisperten, die Storchenfamilie flog auf und klapperte überm Stall. Die Sonne war verdeckt. Wird es regnen? Nein. Der Tag begann. Noch war alles schläfrig. Drüben standen wieder dicke grüne Lastwagen. Niemand behelligte mich. Das Morgenlicht wurde heller. Ein Hahn krähte neben mir. Sein Ruf war aus zackigem Messing. Über die Leiter kletterte ich in mein Nest hinauf.

Das Mädchen kam erst abends wieder und brachte Suppe. Diesmal war sie kalt. »Es haben sich Verzögerungen ergeben«, sagte das Mädchen und schaute auf die Seite. »Entschuldigen Sie die kalte Suppe. Mein Onkel und ich waren beschäftigt. Diese Einquartierung... diese leidige Einquartierung! Und der Herr Bauernführer hat dem Onkel Pläne unterbreitet... Pläne, sag' ich Ihnen... Wenn da nur nix schiefgeht. Also, Fräulein Tamara, Schwierigkeiten treten auf... unvorhergesehene Schwierigkeiten, sag' ich Ihnen... Es waren Pläne zur Verteidigung des Gutes. Gräben sollen ausgehoben werden. Jeder Hof muß eine Festung werden. Wir werden uns einkrallen in den Heimatboden, riefen der Herr Bauernführer und der Herr Major. Das heißt, der Herr Major sagte zu allem, was der Herr Bauernführer vorbrachte, ja. So ist das jetzt.« Das Mädchen seufzte, griff sich an die Schläfe und ließ die Augen glitzern. »Da müssen Mittel und Wege gefunden werden, Mittel und Wege...« Sie sah listig, sie sah schlau aus. »Der Onkel und ich werden Mittel und Wege finden. Nicht nur für Sie, Fräulein Tamara, auch für uns. In der Glasveranda war Lagebesprechung.«

Heute war das Mädchen besser gekleidet als gestern. Es trug einen Rock aus dickem Wollstoff, eine Bluse und eine Samtjacke, die ihm zu weit war. »Die Jacke stammt von meinem Bruder selig. Wenn ich sage Bruder selig, so heißt das: er ist tot. Gefallen... Und jetzt muß ich verschwinden. Die Lagebesprechung mit dem Onkel –«

Sie verschwand. Als es dunkel war, ging ich hinunter. Meine Wattejacke ließ ich im Heu zurück.

Der Hof war leer. Keine Soldaten, keine Bauernmädchen. Lastwagen standen vor der Backsteinmauer. Es roch nach Benzin und Heu. Die Tür zur Glasveranda stand offen. Dahinter hörte ich Männerstimmen. Zwei rote Punkte glühten in der Glasveranda. Brennende Zigaretten. Tritte trampelten hinter mir, ich ging weiter. Jetzt war ich vor dem Tor des Gutshofs. Jemand rief: »Hallo, Mädchen! Warte doch, bleib stehen!» Ich drückte mich um die Ecke und lief über die Straße. Ich hockte im Straßengraben. Ein Glück, daß es wenigstens halbdunkel ist, dachte ich. Im Tor des Gutshofs stand ein Soldat. Er schaute sich um. Am Kragen hatte er zwei silberne Zacken, er gehörte also zur SS. Deshalb war es heut im Hof so still gewesen. Mich hatten SS-Männer im Wolchowsumpf gefangen. Keiner hatte mir etwas getan, aber später hatte ich gesehen, wie sie Peitschen mit Eisenkugeln schwangen, als russische Gefangene einen Panzer aus dem Sumpf zogen. Im Lazarett hatte ich noch mehr über die SS gehört. Der Soldat lachte und stolperte wieder in den Hof zurück. Jetzt wartet er dort auf mich, dachte ich und tastete nach meinem Glasröhrchen. Aber ich hatte die Wattejacke im Heu zurückgelassen. Wenn die Soldaten mein Lager im Heu fanden, stellten sie mich, den Onkel und das Mädchen an die Wand. Ich gehe nicht mehr in den Hof zurück, ich gehe den russischen Kanonen entgegen, dachte ich. Dort war Osten. Ich stapfte in die Dunkelheit hinein. Die Nacht war schwarz. Neumond. Ich kam auf einen Ackerweg mit tief eingegrabenen und von der Sonne hartgebackenen Radspuren. Ich ging, ich stolperte, ich stürzte auf dem Weg. Als ich aufstand, glaubte ich, mich rufe jemand an. Ich hastete weiter. Jetzt hörte ich wieder eine Stimme. Und nun versperrte mir ein Mann den Weg. Es knackte leise. Licht blendete mich. Ich sah im Schein einer Taschenlampe eine hagere Gestalt. Dann sah ich die Pistole. Er hielt eine Pistole in der Hand.

»Wer sind Sie? Wo kommen Sie her?«

»Vom Hof des Herrn Lührs. Ich heiße Ilse Lührs.«

»Lügen Sie nicht. Ilse Lührs ist ein Kind, ein Mädchen. Aber das werden wir gleich haben. Gehen Sie voraus.«

Er ging hinter mir. Du kannst nicht entwischen, dachte ich. Neben dem Weg rührte sich Hafer. Ein Sprung hinein, und er findet dich nicht mehr. Unsinn. Der Mann trug Zivilkleider, hatte aber eine Pistole. Wer trug hier als Zivilist eine Pistole? Das konnte nur der Bauernführer sein. Jetzt war's soweit. Ein großes dunkles Haus, ein Gutshof, tauchte auf. Es roch nach Stall. Enten schnatterten, als sprächen sie im Traum. Wasser spiegelte. In einem Teich, der mir bis zum Knie geht, kann ich mich nicht ertränken, dachte ich. Ich blieb stehen und wartete, bis er neben mir stand. Er stieß mir die Pistole in die Hüfte. Ich drehte mich um und sah ihm ins Gesicht. Jetzt standen wir dicht voreinander. »Ach so...«, sagte er und steckte die Pistole in die Tasche. »Sie kommen mit hinauf.«

Im Haus ließ er mich eine Treppe hinaufgehen. Oben im Zimmer lagen Teppiche auf Parkett. Eine Frau saß im Lehnstuhl und las in einer Zeitung mit rot unterstrichener Überschrift. Ein Mädchen, nicht älter als das Kind, das bei dem Onkel mit dem Zwicker wohnte, lächelte mich an. Der Mann hatte tief eingegrabene Falten in den Wangen. Eine sehnige Gestalt. »Ich muß Lührs anrufen. Sie sagt, sie gehöre zu den Lührs«, sagte der Mann. Auf einem Mahagonitischchen stand ein schwarzer Telefonapparat. Er wählte eine Nummer. Die Zählscheibe klapperte leise. »Sie, Lührs, haben Sie eine Verwandte bei sich aufgenommen? Sie ist bei mir und sagt, sie heiße Ilse... Ja, wie Ihre Nichte.« Er sah mich an, den Hörer am Ohr. »Dann stimmt das? Wissen Sie, ich dachte nur... Sie wissen selbst, daß sich seit neuestem viel Pack herumtreibt. Diese Fremdarbeiter... Ja, einen Moment.« Er winkte mir und gab mir den Hörer. Ich drückte die Muschel fest ans Ohr, damit der Mann nicht hören konnte, was der Onkel sagte. Der Onkel redete leise: »Wir erwarten Sie hinter dem Hof. Vor der Remise, wo Sie geschlafen haben. Ihre Wattejacke, Ihre Decken sind in Sicherheit.« Er lachte. Dann knackte es im Hörer.

Ich legte den Hörer auf die Gabel. »Sie müssen das verstehen...«, sagte der Mann und griff sich zwischen Kragen und Hals. Die Frau und das Mädchen starrten mich an. Der Mann öffnete mir die Tür. »Entschuldigen Sie, bitte... Sie müssen –«

Ich war draußen, ging langsam über die Treppe, verließ das Haus, ging über den Hof mit dem spiegelnden Teich. Es roch stärker als zuvor nach Stall. Ich ging den Ackerweg zurück. Ich ließ mir Zeit dazu, es eilte nicht mehr. Vor dem Gutshof schlich ich mich beiseite. Sie wollten hinten auf mich warten, nicht weit von meinem Versteck. Ich ging auf einer asphaltierten Straße. Das Mädchen tauchte vor mir auf, lief rückwärts, breitete die Arme aus, als flöge es, und sagte: »Wir werden rückwärts gehen. Wir laden Sie ein. Kommen Sie mit? Verreisen Sie mit uns? Fräulein Tamara begleitet uns! Eine Freude und ein Glück!«

»Sei still«, sagte ich. »In eurem Haus SS.«

»Jawohl, SS. Deshalb verreist der Onkel.«

Ich dachte: Sie lebt in einer Phantasiewelt. Vielleicht spinnt sie sogar, sie und ihr Onkel. Sie führte mich und zog mich über den Straßengraben. Neben einer Mauer lief ein Pfad. Die Mauer hatte einen hellen Schein. Dann durch Gestrüpp auf eine Straße, die unter meinen Schuhen knirschte. »Der alte Weg nach Westen«, sagte das Mädchen. Pferde schnaubten. Zwei Pferde waren der Kutsche mit den Messinglampen vorgespannt. Der Onkel saß unterm Lederverdeck und hielt die Zügel. Sein Zwicker schimmerte. Ich kletterte zu ihm hinauf.

»In der Ecke liegt Ihre Wattejacke«, sagte er. »Sie werden noch froh an ihr sein.«

»Gewiß«, sagte ich.

Er schnalzte, die Pferde zogen an. Wir fuhren.

II

Ich schlüpfte in meine Wattejacke und befühlte den Saum. Das Glasröhrchen war da. Jetzt fühlte ich mich sicher. Der Onkel lächelte, als hätte er mich beobachtet, schaute vor sich hin und hielt die Zügel. Sein kahler Kopf war im Dunkeln blank wie ein großer Kiesel. Er hatte sich zurückgelehnt und saß wie ich bequem in der samtgepolsterten Ecke. Das Mädchen zwischen uns schien zu schlafen. Duftschwaden kamen als warme Wolken aus den Feldern. Wir fuhren einem dünnen roten Schein entgegen, einem letzten Lichtfaden des Himmels; ich wußte nicht, ob es der Mond war oder die Sonne. Der Wald roch nach Sümpfen oder Seen. Es kam mir vor, als sei ich wacher als die beiden andern, vielleicht weil ich den Tag in meinem Heunest verschlafen hatte. Ich hörte jedes Geräusch und glaubte, jemand ginge neben uns. Wahrscheinlich hatte ich Angst. Die Pferde trappten und schnaubten. Es waren Belgier, schwere Rösser, die zwei vollbepackte Leiterwägen hätten ziehen können. »Haben Sie Futter?« fragte ich. Er nickte und deutete mit dem Daumen nach hinten.

»Für drei Tage.«

»Dann ist der Krieg zu Ende?«

»Nein.« Er lachte leise. »Aber es liegt was in der Luft. Riechen Sie es nicht? Schnuppern Sie mal.«

Es roch nach trockenen Wiesen und Erde wie frisch gebackenes Brot. Er aber sagte: »Brandgeruch... Irgendwo ist gezündelt worden.«

»An der Front wird gezündelt«, sagte ich.

Er nickte, wiederholte »an der Front« und sagte, für uns drei sei die Front im Westen. »Das heißt: Sie beginnt neben unserer Kutsche. Weil wir uns durchschlagen müssen. Aber wir haben einen Führer.«

»Hitler?«

Ich sah ihn schmunzeln. Dann antwortete er: »Das Gegenteil. Einen Engel.« Er deutete auf das schlafende Mädchen zwischen uns und sagte, der Hitler sei für uns nicht so gefährlich, aber der Koch. Er wiederholte »der Koch«. Ich wußte nicht, wen er damit meinte. »Der Koch ist der Gauleiter«, sagte das Mädchen. – »Der große Oberkopf?« fragte ich. Sie lachten beide: »Ja, der große Oberkopf.« – »Das gibt es bei uns auch«, sagte ich. Mit »bei uns« meinte ich: In Rußland. So lang das Mädchen bei uns ist, geht es uns gut, dachte ich. Wie lang blieb sie? Ich wünschte mir ein Jahr.

Ruhige Fahrt. Pferdehufetrappeln. Manchmal flatterte es im Gebüsch oder platschte im Wasser. »Duckenten... Duckenten«, sagte der Onkel. Ich dachte: Wir sollten untertauchen können. Für mich war das leichter als für die beiden neben mir, denn schon lange hatte ich auf der Hut sein müssen. Auch im Schlaf mußte ich damit rechnen, daß einer mit der Pistole vor mir stand und sagte: Komm mit. Das waren die beiden nicht gewohnt. Ich hatte auch noch das Glasröhrchen. Das Glasröhrchen gab mir einen großen Vorsprung.

»Fräulein Tamara ist weit weg«, sagte das Mädchen.

»Ich denke an die Zeit bei den deutschen Soldaten«, sagte ich.

»Erzählen Sie. Der Onkel schläft sonst ein.«

Was sollte ich erzählen? Sie verstanden nicht, daß ich mich bei den Soldaten fremd gefühlt hatte. Auch jetzt gehörte ich nicht dazu. Ich schwieg und dachte nach. »Fräulein Tamara traut uns nicht«, sagte der Onkel. Darauf das Mädchen: »Das können wir verstehen.« »Fällt es nicht auf, wenn Sie so plötzlich weggefahren sind? In Ihrem Haus – SS?« fragte ich. – »Ja, SS«, sagte der Onkel. »Oh, die Herren sind froh, daß wir weg sind. Jetzt schlafen sie in meinen Zimmern. Aber es ist noch einer dort: Der Knecht mit dem dicken Kopf. Der macht alles allein. Sie erinnern sich an ihn? Der weiß, daß ich vier Wochen nach Königsberg verreise. Ich fahre meine Nichte heim.« Dabei deutete er auf mich.

Ich biß mir auf die Unterlippe. Um mich zu schützen, ließen die beiden ihren Gutshof im Stich. Ein Russenmädchen läuft ihnen zu, und sie nehmen es mit. Sie flohen zeitig und merkten schon jetzt, was es geschlagen hatte. Nun, später war es vielleicht günstig für sie, wenn sie sagen konnten: Wir haben die Tamara mitgenommen. Seht her, da ist sie. Oder wenn Plünderer kamen, trat ich vor die Tür des Hauses, wo wir wohnten, und sagte: Macht daß ihr fortkommt! Das gehört alles mir. Aber die besaßen nicht mehr als eine Kutsche, zwei Pferde und was in der Kutsche Platz hatte.

Schweigend fuhren wir. Der Onkel machte plötzlich eine Verbeugung und verlor die Zügel. Das Mädchen griff zu, hielt sie fest und gab sie ihm. Nach einer Weile nickte er wieder und klappte zusammen, als ob jemand auf ihn geschossen hätte. Ich fürchtete, er schlage sich die Stirn am Kutschbock blutig. »Vielleicht kann dich Fräulein Tamara ablösen. Ich sehe, du bist des Kutschierens müde«, sagte das Mädchen. »Sie müssen wissen: wir beide sind sehr müde. Es mußten Vorbereitungen getroffen werden, Vorbereitungen für diese Fahrt in unserer Kutsche. Sie ahnen nicht, wie rasch alles gehen mußte. Von einer Stunde auf die andere haben wir uns entschlossen.« Das Mädchen gähnte. Ich wußte nicht, wie es gemeint war, was sie sagte, ob spaßhaft oder ernst. Sie versteckte sich hinter ihrer leichtfertigen Redeweise. Ich dachte: Dahinter verbirgt sie ihre Mutlosigkeit. Ihre Worte: »Man muß immer heiter in die Zukunft schauen«, fielen mir wieder ein. Hatte sie keine Hoffnung? Auch aus ihrem Onkel wurde ich nicht klug.

Ich griff nach den Zügeln. Der Onkel nahm seinen Zwicker ab und steckte ihn in die obere Tasche seines schlotterigen Rocks. Das Mädchen schlief sofort ein. Dann schlief auch er. Beide schliefen lautlos. Das Mädchen lehnte sich an mich, aber ich spürte nichts. Das Mädchen war gewichtslos und atmete kaum. Wenn die nur nicht gestorben ist, dachte ich. Ich sah die Straße, oben wurde das Laub grau, wenig später fahl, dann grün. Da und dort schwätzten dünne Vogelstimmen. Die harten Lederschlingen der Zügel fühlten sich feucht an. Die Luft schmeckte nach einer nassen Messerklinge. Eines der Pferde schlurfte mit den Hufen. Die Eisen schlugen an die Steine. Die Gesichter der beiden neben mir waren Hautmasken mit scharf hineingeritzten Fältchen. Der Onkel hatte eine dicke Schläfenader. Er war gelb wie die weißen Tasten daheim auf unserem alten Klavier. Das Mädchen hatte spitze und lange Wimpern und Äderchen unter den Augen, dort wo die Haut dünn und bläulich war. Jetzt sah ich alles genau, aber es verriet mir nichts. Die Sonne blieb hinter grauer Wolkenmilch verborgen.

Mit meiner schlafenden Fracht näherte ich mich einem Dorf. Sollte ich hineinfahren? Das Dorf gefiel mir nicht, weil nirgends Bauern zu sehen waren. Die Pferde blieben stehen. Der Onkel und das Mädchen wachten auf. Der Onkel sagte: »Ich bin erquickt« und ergriff die Zügel. Das Mädchen richtete sich auf, steif saß es da und sah dahin und dorthin: Geradeaus, nach rechts, nach links. Seine Nasenflügel waren gespannt, als schnuppere es. »Ich glaube... der Onkel bleibt am besten bei den Pferden«, sagte es und sah zum Dorf hinüber. »Fräulein Tamara, gehen Sie mit mir hinein?« – »Ja,« sagte ich. »Hier gackern keine Hühner«, sagte der Onkel und hob den Zeigefinger. Dann sagte er wieder: »Brandgeruch.« Ich verstand nicht, was er meinte, weil ich nirgends Feuer oder schwelende Glut sah. Strohdächer standen neben Ziegeldächern, schwarzes Stroh und stumpfrote Ziegel. Nicht weit von uns stand zwischen Beerenbüschen ein Holzhaus mit geteertem Dach. Eine Baracke. An den Sträuchern faulten rote und schwarze Beeren.

»Ach...«, sagte das Mädchen, »ein Soldatendorf... Das sehen wir uns an.«

Zwei Mädchen begegneten uns. Eine in grauer Uniform mit Schaftstiefeln, eine in einem blauen Rock mit roter Bluse. Nicht weit von der Baracke hielt mitten auf der Straße eine Kutsche, ähnlich der unseren; sie war leichter, ihre Räder waren dünner. Ein großer Hund, ein Wolfshund, saß auf dem Kutschbock. Ich sah mir den Hund an; er ließ seine schwarze Zunge zwischen den Wolfszähnen heraushängen und wandte den Kopf, als wir neben der Kutsche standen. Ein schwarzes Pferd fegte sich mit langem Schwanz Fliegen und Bremsen von zuckenden Schenkeln. »Pferd und Hund...«, sagte das Mädchen und schaute zur Baracke hinüber. Die Straße war leer, nur die Kutsche mit dem Hund auf dem Bock stand da. Wind spielte mit züngelndem Staub. Die Fenster der Baracke waren geöffnet. Eine Stimme polterte und keifte. Das Mädchen deutete hinüber: »Das ist er... Nun können Sie ihn hören.« Wir stellten uns neben eines der Fenster. Dahinter waren Stühle und Tische ineinandergeschoben und umgeworfen. Vor einem Rednerpult drängten sich Soldaten. Auf dem Pult stand ein Radioapparat. Ich verstand: »... damit das deutsche Volk meine Stimme hört.« Dann erschien ein Bursch im grünen Hemd hinter dem Fenster. Er hielt eine halb geleerte Schnapsflasche in der Hand und sagte: »Auf Hitler ist ein Attentat verübt worden.« Er sah mich von der Seite an, bekam große Augen und wich einen halben Schritt zurück. Dann rieb er sich mit der Faust die Augen. Das Mädchen zerrte mich an meiner Wattejacke, dort, wo das Glasröhrchen eingenäht war. Ich zog den Saum aus ihren Fingern, damit sie das Glasröhrchen nicht zerdrückte. Sie sagte: »Geh weg... Kommen Sie.« Das Mädchen verschwand um die Ecke der Baracke. Ich folgte ihm. Hinter der Baracke war ein Garten mit Beerenbüschen. Das Mädchen verschwand zwischen den Beerenbüschen, ich duckte mich und kam auf einen sandigen Pfad. Vor mir huschte das Mädchen zwischen Unkrautbüscheln. Ich lief ihm nach. Es raschelte. Wir kamen wieder auf den Weg, den wir mit der Kutsche gefahren waren. »Guter

Weg...«, sagte das Mädchen, »braver Weg«, bückte sich und legte die Hand in den Staub. Da waren seine Finger darin abgedrückt. Es lachte, wischte mit dem Schuh darüber und sagte: »Die Spur hält sowieso nicht lang.« Jetzt war es schwül. Mücken geigten, schwarz und winzig, ein Liebestanz.

Unsere Kutsche war verschwunden. Das Mädchen lächelte listig. Eine Spur von Verwegenheit und Wagnis war in seinem Lächeln. »Schlauer Onkel... Die dort hat er überlistet«, flüsterte es und bewegte den Kopf hinüber nach den Hütten. Das graue Dorf hat sich vor dem Mädchen geduckt, dachte ich. Das Mädchen schnupperte in der Luft, deutete mit dem Daumen auf die Wiese rechts drüben und sagte: »Heuschober...« Eine graue Bretterhütte stand abseits. Das Mädchen summte vor sich hin und ging neben dem Zaun, über den Beerenbüsche hingen. Ich folgte ihm. Wir gingen zum Heuschober. Dort schauten wir uns um. Nirgends war die Kutsche. »Noch besser«, sagte das Mädchen und klinkte die Tür auf. Dahinter sahen uns zwei Pferdeköpfe an. Das Mädchen strich ihnen über die Mäuler, es hatte zwei Zuckerstücke in der Hand. Die Pferde nahmen sie und zerknirschten den Zucker. In der Ecke auf einer Welle Heus schob der Onkel eine Pistole in die Tasche. Ich brauche keine Pistole, ich habe das Glasröhrchen, dachte ich. Der Onkel lächelte und holte eine Thermosflasche aus dem Heu. Er hatte seinen Kittel ausgezogen und war hemdsärmelig mit Hosenträgern.

»Ein Hund saß auf einer leeren Kutsche«, sagte das Mädchen.

»Schlechtes Zeichen.« Der Onkel nahm einen

Schluck aus der Thermosflasche. »Und sonst?« fragte er.

»Attentat«, sagte das Mädchen.

»Oh, das war der Brandgeruch«, sagte der Onkel und streckte den Zeigefinger in die Höhe. »Schlecht für uns... Die Kontrollposten werden verdreifacht, vervierfacht... Wissen Sie, Fräulein Tamara, Sein Gefechtsstand ist nicht weit von hier. Und im Gefechtsstand, nur im Gefechtsstand kann man seiner habhaft werden. Die Zeichen stehen schlecht. Deshalb saß der Hund auf dem Kutschbock.«

Ich dachte daran, wie mich der Soldat im grünen Hemd durchs offene Fenster betrachtet hatte. Sein geweiteter Blick war an meiner Wattejacke entlanggestrichen. Ich hörte die heisere Stimme des Mannes aus dem Radioapparat. Ob sie nach uns suchten?

Die Pferde fraßen aus vorgebundenen Beuteln. Nach einer Weile hoben sie die Köpfe. Der Onkel hörte auf zu essen. Das Mädchen stand vor einer Bretterritze und schaute hinaus. Es blieb still, bis sich ein summender Motorton näherte, der anschwoll. Ein Holpern, ein Rumpeln, dicht vor der Hütte. Der Onkel kniff die Augen zusammen und griff in seine Tasche. Das Motorgeräusch wurde schwächer, es verlor sich nach dem Wald.

»Ein Geländewagen... Der kann auch durch Wasser fahren«, flüsterte das Mädchen.

»Die müssen eine hohe Alarmstufe haben«, sagte der Onkel. Dann gab er mir die Thermosflasche. Ich trank heißen, starken Kaffee. Woher haben die echten Kaffee? dachte ich und bekam einen Laib Brot zugeschoben. Unterm Heu zog der Onkel eine Schinkenkeule hervor. Das Mädchen setzte sich im Schneidersitz zu uns. Es hielt ein feststehendes Messer in der Hand, trank aus der Thermosflasche, säbelte Schinkenscheiben ab und schnitt das Brot. Heufasern klebten am Schinken. »Tagsüber rasten und nachts fahren«, sagte der Onkel. Neben mir stieg ein Rad der Kutsche auf. Dann begann draußen sanft tröpfelnder Regen.

»Einer wacht, zwei können schlafen. Ich wache jetzt«, sagte der Onkel. »Zweistündige Ablösung.«

Ich breitete meine Jacke im Heu aus. Das Mädchen und ich legten die Köpfe darauf. Das Glasröhrchen drückte an meine Wange. Was will der Mann mit einer Pistole? Gegen andere richtet er wenig damit aus, dachte ich. Dann fiel mir ein: Seine Pistole ist ein Ersatz für mein Glasröhrchen; er braucht sie für das Mädchen und für sich.

Ich spürte eine Hand auf meiner Schulter. »Zwei Stunden sind vorbei«, flüsterte der Onkel. Ich nickte und setzte mich aufrecht, den Rücken an die Bretterwand gelehnt. Der Onkel legte eine goldene Uhr mit römischen Ziffern vor mich ins Heu; eine eiserne Kette mit der Jahreszahl 1916 in einem der Kettenglieder hing an ihr. Er schlief mit herabgesunkenem Unterkiefer, die Arme im Nacken verschränkt, bleich und unbewegt. Das Mädchen hatte sich auf die Seite gekuschelt und die Knie angezogen. Seine nackten Füße steckten im Heu. Es lächelte im Schlaf und hatte gerötete Backen. Draußen rührte sich der Regen. Eine braune Eidechse trug einen Heuhüpfer im Maul. Die Schenkel der Pferde zitterten und zuckten, ihre Schwänze wippten und fitzten durch die Luft. Dann wurden auch die Schwänze ruhig. Die Uhr tickte im Heu. Der Onkel sagte im Schlaf: »Wir haben keine Lebensmittelkarten. Wir sind Selbstversorger.« Er wachte auf, sah mich an und griff in seine Hosentasche. Hab' keine Angst, die Pistole nehme ich dir nicht weg; ich habe etwas Besseres, dachte ich. Er zog ein Notizbüchlein aus der Tasche, dessen blauer Leinendeckel mit Messing umrandet war; er konnte es in einer Hand verbergen. Er blätterte die Seiten um; sie waren mit winziger Schrift gefüllt. »Fräulein Tamara, dieses Büchlein müssen Sie verbrennen, wenn mir etwas passiert«, sagte er. »Es steckt hier.« Er zog ein verschwitztes Lederbeutelchen unter seinem Hemd hervor und steckte das Notizbuch hinein. »Ja«, sagte ich. Das Mädchen wachte auf und sagte, während es die Augen rieb: »Oh, gewiß! Dein wichtigstes Dokument.« Das Mädchen streckte sich und gähnte: »Ah... dem Onkel sieht niemand an, was er unterm Hemd verbirgt.« Dann schaute es auf die Uhr: »Herrje, Fräulein Tamara, Sie haben mich nicht geweckt! Über eine halbe Stunde haben Sie länger gewacht. Das käme an der Front nicht vor. Und wir sind doch jetzt an der Front. Dicht am Feind...«

»Wenn es ihn nicht erwischt hat, wird es kritisch«, sagte der Onkel.

»Wen meinen Sie?« fragte ich.

»Einen Herrn, den wir Autós nennen. Ein griechisches Wort. Es wird auf der letzten Silbe betont«, sagte das Mädchen. Ich wußte, was Autós hieß; es hieß »er selbst« oder »der Einzige«. Wer war dieser »er selbst«?

»Trotzdem kann es ihn erwischt haben, auch wenn er

noch lebt. Was ihn geschützt hat, ist weggeblasen. Puh!« sagte das Mädchen und blies in die Luft.

»Du meinst, er sei jetzt ein Gespenst?« fragte der Onkel.

Das Mädchen nickte. Der Onkel lächelte und deutete auf sie: »Uns schützt dieses Mädchen.« Das Mädchen lachte: »Auch nicht für immer!« Es machte eine wegwerfende Geste und sagte: »Autós sagt sicher: Die Vorsehung hat mich beschützt.«

»Lassen wir Autós beiseite«, sagte der Onkel. »Für uns ist es wichtiger, daß der Regen nicht aufhört. Regnet es noch?« Er horchte. Es hörte sich wie Sandkörner an, die ein sanfter Wind gleichmäßig gegen Dachschindeln bläst. »Ja, es regnet noch. Dann gehen sie ungern aus ihren Schlupflöchern heraus.«

»Du hast doch keine Angst, wenn ich dabei bin?« fragte das Mädchen. Der Onkel lächelte.

Mit Autós meinten sie wohl ihren Oberkopf, der im Radio gesagt hatte: »Damit das deutsche Volk meine Stimme hört.« Hitler. Also war er unverletzt geblieben; er war bei diesem Attentat davongekommen. So einer wurde selten von heute auf morgen weggewischt. Und wenn er weggewischt wurde, änderte sich nichts. Dann kam ein anderer Oberkopf. Es war mir gleichgültig, was geschah. Ich spürte wieder eine Glaswand zwischen ihnen und mir. Ich wunderte mich darüber, denn sie hatten mich »gerettet«. Ich hätte ihnen dankbar sein sollen. Aber wer dankbar ist, wird weich, und das taugt nichts. Überdies war ich mit ihnen verbunden. Bleibe allein, dachte ich und schaute den Saum meiner Wattejacke an, neben der das Mädchen im Heu hockte. Sollte das Glasröhrchen einmal zerbrechen, so blieben die Kristalle im Futter drin, zerbröselten oder lösten sich auf. Eine Blechhülse wäre besser gewesen. Aber vielleicht oxydierte Blech, wenn es die Kristalle berührte.

»Heute nacht schlafen Sie in einem Bett, Fräulein Tamara«, sagte der Onkel.

»Fräulein Tamara schläft nicht gern in einem Bett. Dort fühlt sie sich eingekastelt«, sagte das Mädchen.

Der Onkel sah mich an, schmunzelte und nickte. Sein Zwicker wackelte. Der kennt mich, dachte ich. »Wachablösung«, sagte das Mädchen. »Legen Sie sich auf Ihre Wattejacke. Sie müssen Ihre Wattejacke spüren, sonst ist's Ihnen nicht wohl.« Das Mädchen stand auf, ich stand auf, wir wechselten die Plätze. In diesem Augenblick klapperte es draußen. Leise zunächst, dann deutlicher. Es klapperte, schepperte und trappelte, ein bekanntes Geräusch: marschierende Soldaten. Ich schlüpfte in meine Wattejacke, wartete und dachte: Das Glasröhrchen. Der Onkel griff in die Tasche. Das Mädchen schaute durch die Ritze. Ein Schritt näherte sich der Tür. Ein Schatten stand jetzt vor der Tür. Das Klappern zog vorbei, aber der Schatten blieb. Eine Stimme rief: »Gute Verrichtung!« Der Schatten antwortete: »Danke!« Nach einer Weile verschwand auch er und stapfte davon. Ich wunderte mich, daß man nichts roch.

»So ist das Leben. Man muß immer heiter in die Zukunft schauen, Fräulein Tamara«, sagte das Mädchen. In der Dämmerung fuhren wir wieder in den Wald zurück. Es regnete. Das Dach hatten wir hochgeklappt und eine lederne Spritzdecke ausgespannt, die bis zu den Hüften reichte. So wurden wir nur im Gesicht naß.

Ich war in meine grüngefleckte Zeltbahn geschlüpft, die ich im Bündel bei mir hatte. Der Onkel kutschierte. »Stapf...« und »stapf...« und »stapf...« machten die Pferde. In der Nacht sah ich nicht, wohin wir fuhren. Dann scheute eines der Pferde. Ein Mann hielt es am Zaum fest. Der Onkel rührte sich nicht. Nimm deine Pistole, dachte ich. Statt dessen sagte er: »Canaris.« – »Canaris« kam es zurück. Der Onkel wickelte die Zügel um die Bremskurbel und lehnte sich zurück. Der Mann, der mit »Canaris« geantwortet hatte, führte die Pferde. Es ging über einen holperigen Weg. »Das strapaziert das Gesäß«, sagte das Mädchen. Wir fuhren durch einen Friedhof. Nun knirschte Sand unter den Rädern. Dann hielt die Kutsche. Wir stiegen aus. Die Pferde bekamen einen warmen Stall wie wir.

Mit dem Mädchen machte ich ein warmes Essen in einer Küche, die noch verschlampter als die Küche des Gutshofes war. Der Mann, der uns hergeführt hatte, ein langer und hagerer mit scharfen Falten um Mund und Augen, lachte, als wir graufädigen Schimmel von den Tellern spülten. »Bei mir habe ich auch alles verkommen lassen«, sagte der Onkel. – »Hoffentlich«, sagte der Hagere, »es lohnt sich ja auch nicht mehr.« – »Herr Pastor, ich bitte Sie! Solch ein Wort aus Ihrem Munde!« sagte das Mädchen. – »Halt's Maul, Fratz! Koch was Eßbares. Damit wenigstens der Leib besänftigt wird.«

Später trugen wir das Essen ins Studierzimmer. Dort standen Bücher bis an die Decke wie bei meinem Vater. Der Onkel und der Pastor saßen in Lehnsesseln mit grünem Plüsch. Der hagere Mann griff hinter sich und drehte das Radio ab, als das bekannte Pausenzeichen klopfte: Tam-tam-tam-tam –– tam tam tam tam... Ich hatte es im Lazarett gehört: »Hier ist London mit den Abendnachrichten in deutscher Sprache.« Der Pastor traute mir nicht. Deshalb hatte er das Radio abgedreht. Ich wußte längst, daß das Abhören des ›Hetzsenders‹ mit dem Tode bestraft wurde. Trotzdem hörten ihn viele. Bei uns zu Haus wäre es genauso gewesen: Wir hätten alle gelauscht, der Lautsprecher wäre leise eingestellt worden, und wenn jemand verhaftet worden wäre, hätten wir gesagt: Den haben sie erwischt. In Rußland und in Deutschland wurden viele erwischt. Es war immer dasselbe.

Ich legte Teller auf den Tisch. Das Mädchen brachte die Schüssel und sagte: »Eintopf füllt jeden Kropf.« Der hagere Pastor mit dem faltenzerrissenen Gesicht und den scharfen Augen lachte. Er hob zwei dicke dunkle Flaschen über die Tischkante, ließ sie gegeneinander klingen und sagte: »Damit fängt's nachher an.« Er zwinkerte mir zu. »Besäufnis?« fragte ich. Er hielt den Mund offen. Dieses Wort hatte er nicht erwartet. Wie oft hatte ich das Wort ›Besäufnis‹ im Lazarett gehört. Ein paar Schreibstubenfeldwebel hatten sich dort außer mit Schnaps auch mit starkem Kaffee betrunken. »Kaffeerausch« nannten sie das. »Das wärmt mich«, sagte das Mädchen und löffelte den Eintopf.

Der Eintopf war gut. Der Pfarrer fragte mich: »Was tun Sie nach dem Krieg?« – »Mein Studium fertig machen.« Er lachte und stieß den Onkel an, als sage er: Hast du's gehört? oder: Die denkt an ihr Studium, ist das nicht komisch? – »Und wo wollen Sie Ihr Studium abschließen?« – »In Moskau.« Er pfiff leise durch die Zähne, sah auf seinen Teller und sagte: »Ach so... Ja dann natürlich.« Zum Onkel sagte er: »Die ist also eine Rote.« Der Onkel nickte. »Nun... wir können jeden brauchen«, sagte der hagere Mann mit dem klaren Blick. Dann hörte ich die Worte »Canaris« und »Bendlerstraße« und wußte nicht, was sie bedeuteten. Es interessierte mich auch nicht. Warum sich mit Gedanken beschweren, dachte ich. Ich durfte nur denken: Wie komme ich durch, wie überlebe ich.

Ich schlief mit dem Mädchen in einer Dachkammer. Am Morgen wurden wir durch Stimmen geweckt. Der Vorhang war gelb und grünfleckig vom Licht, das durch einen Baum schien. Wir hörten den Baum rauschen und die Stimmen raunen. Das Mädchen schlüpfte aus dem Bett, schaute durch den Vorhangspalt und winkte mir. Ich trat hinter sie und sah hinunter. Im Friedhof gingen Leute in Arbeitskleidern herum. Ich verstand ihre Sprache, denn sie redeten russisch. Einige hatten ihre Kittel ausgezogen und schaufelten ein Grab im Sandboden. Ein Sarg aus weißen Brettern stand auf einem Leiterwagen. Sie hoben ihn herunter und stellten ihn neben das Grab. Hacken und Schaufeln wurden beiseite gelegt. Die Männer zogen ihre Kittel wieder an. Dann kam der Pastor im schwarzen Talar, die Bibel in der Hand. Er betete ein Vaterunser. Der Sarg wurde ins Grab hinabgelassen. Auch der Pfarrer half beim Schaufeln. Zwei grauhaarige Frauen brachten dicke Büschel Feldblumen und legten sie auf den Sandhügel. Dann fuhren alle auf dem Leiterwagen fort.

»Landsleute von Ihnen«, sagte das Mädchen. Ich nickte. »Wissen Sie, daß es den Pastoren verboten ist, Fremdarbeiter zu beerdigen?« – »Nein«, sagte ich.

Wir wuschen uns in der Schüssel auf der Waschkommode, dann gingen wir hinunter und kochten Kaffee. Ich trug Kannen und Tassen ins Zimmer hinüber. Dort saßen der Onkel und der Pastor vor geleerten Weinflaschen und rauchten Zigarren. »Ah«, sagte das Mädchen, »ihr habt die Nacht durchgemacht?« – »Jetzt ermuntert uns der Kaffee«, sagte der Onkel. Wir tranken und redeten nichts, bis der Pfarrer sagte: »Jetzt ist Bettruhe für uns zwei. Ihr bleibt im Haus. Verstanden?« – »Jawohl«, sagte das Mädchen.

Die Männer verschwanden. Das Mädchen räkelte sich in einem der plüschgepolsterten Lehnstühle, drehte sich um, als spüre es etwas Hartes unterm Hintern, zog das Notizbüchlein des Onkels hervor und steckte es sich in die Bluse. »Da haben sie nun alles mögliche gedacht, besprochen, überlegt, und es führt nur zum Tode«, sagte das Mädchen. »Ich bin sehr müde. Des Treibens bin ich müde. Das Wort stammt aber nicht von mir.« Ich zog ein Buch aus dem Regal und las den Aufdruck: »Prolegomena«. Es war warm im Zimmer und roch nach eingesperrter Luft. Ich ging zu einem der Fenster, dessen Vorhänge zugezogen waren. Das Mädchen sang hinter mir den schläfrigen Singsang: »Fräulein Tamara soll nicht an die Fenster treten... Das Haus muß aussehen von außen, als wäre es von seinen Bewohnern verlassen worden... Ein unbewohntes, ein verwaistes Haus... Ein Pastorenhaus.« Es lächelte, seine Augenschlitze glitzerten, es hatte die Beine auf den Samtsessel heraufgezogen und die Finger um die geschnitzte Rückenlehne geschlungen. »Canaris...« sang es, »Bendlerstraße... Aber Canaris hat nichts zu tun mit Kanarienvogel.« Vogelstimmen drangen gedämpft durch die Vorhänge, deren Muster aus Blättern bestand, durchlöcherten, durchscheinenden Blättern und schwarzen Blättern. Da hielt draußen ein Auto mit einem Ruck. Der Fahrer mußte scharf gebremst haben. »Jetzt kommt es«, sagte das Mädchen und hob den Zeigefinger. Eine Glocke schellte im Haus, eine Glocke, die an einem Klingelzug gezogen wurde. »Kommen Sie, ich zeige Ihnen den Weg in den Stall. Sie verstecken sich im Stall. Dort warten Sie auf mich, Fräulein Tamara. Ich muß jetzt die Bösen hereinlassen... Die Bösen...«, wiederholte es. Dann stand es träge auf und schlüpfte in die Schuhe, als die Glocke unten ein zweites Mal schellte, ungeduldiger als zuvor. »Schade, meine Herren«, flüsterte das Mädchen, »Sie haben sich verspätet. Hier sind weder ein Onkel noch ein Pastor anzutreffen.« Es ergriff meine Hand wie damals im Gutshof, als der Herr Zahlmeister aufgetaucht war, zog mich aus dem Zimmer und über die graue, ausgetretene Treppe in den weiten Flur hinab, wo es auf eine Maschine mit krummen Gabelspitzen, einen Heuwender, deutete und flüsterte: »Dahinter geht es in den Stall.« Ich fand eine Tür, durch die ich mich zwängte. Dahinter horchte ich. Wieder schepperte die Glocke, schon knirschte das Schloß, dann sagte das Mädchen: »Was wünschen die Herren?« Stiefel trappelten über die Treppe hinauf. Oben wurde eine Tür aufgestoßen, es hieß: »Raus aus den Betten, ihr zwei«, und der Pfarrer sagte: »Ihr benehmt euch gefälligst anständig.« Kurz darauf führten zwei Männer den Onkel und den Pfarrer, die beide in Unterkleidern waren, herab. Der Pfarrer hatte eine Baskenmütze und der Onkel seinen Zwicker aufgesetzt. Ich dachte: Wenigstens hat er seine Augengläser, aber die werden ihm bald aus dem Gesicht geschlagen. Draußen fuhr ein Auto ab.

Nach einer Weile schlüpfte das Mädchen zu mir in den Stall. Es wischte sich die Augen, lachte und sagte: »Zwei Herren wollten den Pastor besuchen, aber sowohl er als auch der Onkel waren ausgeflogen. So zogen die Herren unverrichteter Dinge wieder ab... Fräulein Tamara, jetzt sind wir zwei allein. Sie müssen mit mir vorliebnehmen.« Das Mädchen glitt zu den Pferden hinüber, die in ihren Boxen stampften, und streichelte ihre Hälse. Hoch und dunkel stand die Kutsche in der Ecke.

»Ich bin auch nicht mehr lange da«, sagte das Mädchen.

Wir gingen in die Dachkammer hinauf. »Schlafen muß ich, Fräulein Tamara, schlafen im voraus. Ich brauche viel Schlaf. Heute abend fahren wir weiter.« Sie zog sich aus, legte sich ins Bett und drehte sich zur Wand. Ich stand am Fenster und schaute hinaus. Nirgends war ein Haus zu sehen, nur der Friedhof, und rechts drüben die Kirche. Dahinter waren Obstbäume und silberige Weite. Kirche und Pfarrhaus standen abseits. Daß der Pfarrer geholt worden war, wußten seine Bauern. Deshalb ließ sich hier keiner sehen. So wäre es in Rußland auch gewesen.

Ich war froh, daß niemand auftauchte. Drunten im

Friedhof lagen die Blumen auf dem Grabhügel. Der Sandboden war graugelb. Der reine Himmel ging am Horizont ins Goldene und Weiße über. Wolkenzacken wuchsen aus ihm hervor, Sommerwolken, deren Unterseite sich auflöste.

Ich wollte nicht in der Kammer bleiben und dachte: Geh in den Stall hinunter, dort ist dein Platz. Zieh die Wattejacke nie mehr aus. Ich ging in den Stall und setzte mich neben der Kutsche auf den trockenen Sandboden. Dann kletterte ich auf den Kutschbock hinauf und streckte mich aus, weil es auf den zerschlissenen Samtpolstern bequem war. Durch ein offenes Fenster flogen rotbrüstige Schwalben. Sie hatten ein Nest auf einem Balken unterm Dach und fütterten ihre Jungen. Bleiche Schnäbel ragten aufgesperrt über den Nestrand. Sicher waren die Jungen noch blind.

Benebelt von der Stallwärme schlief ich auf dem Kutschbock ein. Ich wachte auf, als zwei Männer mit geschorenen Köpfen unter mir standen. Die Stalltür war offen. Die Männer sagten: »Wir holen müssen Pferde.« Ich fragte: »Warum?« und sie antworteten: »Weil Bauer es will.« Das waren russische Arbeiter. Ich hütete mich, mit ihnen Russisch zu sprechen, weil ich dachte, es sei besser, wenn sie mich für eine Deutsche hielten. »Der Bauer sagen: Pfarrer jetzt braucht nix mehr Pferd, ihr holen Pferd... Wir holen Pferd.« Ich sah sie an. Sie duckten sich. Ich dachte: Auch in Rußland nimmt man einem, der verhaftet worden ist, die Pferde weg.

Sie trieben sie mit klatschenden Schlägen aus dem Stall. »Das Tor!« rief ich ihnen nach. Da kam einer zurück und warf es zu.

Dann sah ich das Mädchen. Es stand neben der Kutsche und sagte: »Es eilt. Wir müssen verschwinden. Was nehmen wir mit? Nur das Nötigste. Fluchtgepäck. Stehen Sie bitte auf.«

Das Mädchen kletterte zu mir herauf und klappte die Polster zurück. Darunter war ein Deckel wie bei einer Truhe. Sie machte den Deckel auf. In der Truhe lagen drei Rucksäcke. »Wir können nur zwei mitnehmen. Der dritte wird nicht mehr gebraucht«, sagte das Mädchen. »Die beiden auf der rechten Seite gehören uns... Für alles hat der Onkel vorgesorgt. Ach, wenn er nicht alles vorausgesehen hätte, wäre es schwerer zu ertragen.«

Wir nahmen die Rucksäcke auf. Das Mädchen packte mich wieder an der Hand und zog mich durch das Haus. Wir schlichen durch die Tür hinaus, die in den Garten führte. »Sie können sicher sein, die Bauern haben die Stalltür im Auge. Gingen wir dort hinaus, so hielten sie uns fest«, sagte das Mädchen. Auf der anderen Seite begann nach wenigen Schritten der Wald. »Jetzt müssen wir den Verladebahnhof erreichen, dort halten lange Züge. Der Onkel hat mich eingeweiht. Ich glaube kaum, daß wir Schwierigkeiten haben werden.«

»Man muß immer heiter in die Zukunft schauen«, sagte ich und befühlte das Glasröhrchen im Saum der Wattejacke.

»Gewiß«, sagte das Mädchen.

III

Der Verladebahnhof streckte sich im heißen und stillen Mittag aus. Wir sahen den Bahnhof von weitem, während wir neben den Geleisen gingen. »Ein Glück, daß er leer ist. Ohne daß uns jemand beobachtet, können wir ein Versteck suchen«, sagte das Mädchen. »Uns sieht niemand?« fragte ich. Es kam mir vor, als hätten in der Stille alle Schuppen Augen. Eine graue Baracke hockte neben dem Mittelbau, der aus roten Ziegeln aufgebaut war. Hierher kommt nie ein Zug, dachte ich. »Baracken sind gefährlich. Sehen Sie –« Das Mädchen riß mich in Unkrautstauden hinein und ließ sich fallen. Ich hockte mich neben sie. Sauerampferbüschel hatten rostzerfressene Stäbe, und Disteln waren mit dicken weißwolligen Büscheln bepackt; sie lockerten schon ihre Samen und streuten sie aus. »Fräulein Tamara hat die Gefahr nicht bemerkt«, flüsterte das Mädchen. »Baracken sind gefährlich, habe ich gesagt. Und was ist im selben Moment passiert? Ein Graukopf ist hemdsärmelig herausgeschlurft aus der Baracke und hat in die Sonne geblinzelt. Zuvor hat er gedöst, ist aufgescheucht worden durchs Telephon. Er muß zum Fahrdienstleiter gehen und ärgert sich, weil er einen Transportzug zusammenstellen soll.«

Ich schaute am Bahndamm hinauf, wo oben eine rostige Schiene den Himmel abschnitt. »Keine Angst, das ist ein totes Gleis«, sagte das Mädchen. Dann hob es den Finger. Ich hörte weitab Puffer aneinanderklappern. Es blieb lange still, nur die Heuschrecken raschelten, als siedeten die Wiesen. Die Ähren der wilden Gerste hatten vergilbte Spitzen. Das Mädchen schnürte seinen Rucksack auf und nahm Wurst und Brot heraus. »Das Messer hab' ich unterm Rock«, sagte es und zeigte mir an einem dünnen Riemen ein Futteral, worin das feststehende Messer steckte, das sie im Heuschober schon einmal in der Hand gehabt hatte. Ihr Rock war an der Hüfte geschlitzt, damit sie hineingreifen konnte. Eine Klinge, die so scharf war, daß sie auch das Papier unter der Wurst durchschnitt.

»Gefährliches Mädchen...«, sagte ich.

»Oh, Fräulein Tamara, Sie haben etwas, das trifft sicherer als dieses plumpe Eisen!« Sie sah an mir vorbei.

Hat sie mir das Glasröhrchen weggenommen? dachte ich. Nein, es war noch da. Konnte es mir schaden, wenn sie wußte, was ich bei mir hatte? Nein. »Daß es Ihnen in der Wattejacke nicht zu heiß wird, wundert mich«, sagte das Mädchen. Ich antwortete, das sei bei allen Russen so: »Wir finden nichts dabei. Ein russischer Bauer geht winters wie sommers im Pelz herum. Er legt sich auf den Kachelofen, wickelt sich hinein und schläft. Was gut ist gegen Kälte, ist auch gut gegen Hitze.« Du kriegst mich nicht zu fassen, dachte ich.

Ich hörte ein Klingeln, ein Rascheln: Über uns rührten sich schwarze Signaldrähte und schlugen aneinander. »Jetzt kommt bald der Zug«, sagte das Mädchen. »Deckung nehmen?« fragte ich. Das Mädchen nickte. Ich deutete auf einen Brennesselbusch. Wir krochen hinter ihn. Es blieb still. Ich dachte: den Zug muß man kommen hören – als ein einzelner Wagen mit Coupétüren und Scheiben oben auf der rostigen Schiene leise ächzend vorbeiglitt. Auf dem Trittbrett stand ein

Mann in Hemdsärmeln; ein Zigarrenstummel steckte ihm im Mund. »Der Wagen für den Bataillonsstab. Der kommt hinter die Lokomotive«, sagte das Mädchen. Es war verwunderlich, woher sie alles wußte, aber vielleicht hatte sie derlei Wissenswertes von ihrem Onkel erfahren.

»Es geht mit normalen Dingen zu«, sagte sie. »Wir haben Zeit gehabt, alles zu studieren. Oh, solch eine Flucht will vorbereitet sein! Und dann wird sie nicht einmal glücken... Allerdings, bis heut gab es noch keine Überraschung. Was bisher geschah, war eingeplant.«

So hätte auch ein Russenmädchen reden können, eine Partisanin, dachte ich.

»Was vorbei ist, ist vorbei«, sagte das Mädchen. »Man muß immer heiter in die Zukunft schauen.«

Hitze. Klingelzeichen und Pufferschlagen, immer noch weitab. »Machen wir ein Schläfchen?« fragte das Mädchen. Mir war es nicht nach Schlaf zumute, aber ich nickte und sagte, das sei ein guter Vorschlag. Das Mädchen legte sorgfältig ihre Samtjacke zusammen und suchte einen bequemen Platz für den Kopf; dabei hielt es die Augen geschlossen und lächelte, als mache es sich insgeheim über mich lustig. Drüben bei der Baracke, beim Lagerhaus und beim Stationsgebäude gingen Stimmen durcheinander. Dann zuckten und zitterten wieder die Signaldrähte zwischen Gräserfransen. Jeder Pufferstoß klang näher. Einmal gingen Schritte dicht neben uns vorbei, doch sah ich niemand, weil ich am Boden lag. Wieder blieb es lange still. »Sie können unbesorgt schlummern, Fräulein Tamara, unser Zug geht erst im Zwielicht. Hier fahren alle Züge erst im Zwielicht ab.« Ich schaute noch einmal über die Gräserspitzen. Da gingen drüben zwischen den eisernen Parallelen der Schienenstränge, die draußen in zitternder Luft zusammenliefen, Figürchen hin und her, durchsichtige Insektenmännlein. »Was Sie sehen, ist das Vorkommando... Aber Sie kennen doch die Gebräuche des deutschen Militärs?«

Jawohl, ich kannte sie. Trotzdem hatte ich jetzt Angst. Unter den Soldaten hatte ich keine Angst gehabt. Warum? Weil ich in Rußland gewesen war.

»Hier ist Feindesland. Auch für mich. Für mich gibt es nur Feindesland«, sagte das Mädchen. Ich dachte: Dann ist ja alles gut. Jetzt kann ich schlafen.

Als ich aufwachte, war das Gras matt. Graue Luft und graue Gräser. Das Mädchen saß aufrecht und drehte mir den Rücken zu. Es sagte: »Ich habe nicht geschlafen, aber dafür weiß ich alles über diesen Transportzug.«

Es trappelte und klapperte jenseits der Böschung, es wurde geschrien, es wurde gelacht.

»Die sind froh, daß sie wegkommen. Raus aus Rußland. Die fahren nach dem Süden. Aber was ihnen dort blüht? Uns kann es egal sein. Ihnen, Fräulein Tamara, ist es jedenfalls egal«, sagte das Mädchen. Da hast du recht, dachte ich, hatte aber vor dem Augenblick Angst, da wir über die Böschung springen mußten. Wenn der Zug nachts abführe, wäre es besser, dachte ich.

»Schauen wir uns die Bescherung einmal an?« fragte das Mädchen.

Wir krochen am Hang hinauf und sahen über die Geleise. Drüben stand der Zug. Die Feldküche dampfte auf einem offenen Waggon hinter der Lokomotive. Dann kam der Wagen mit den Coupétüren und den Fensterscheiben, dann lauter Güterwagen. Die Soldaten saßen schon in den offenen Türen und ließen die Beine heraushängen. Munitionskisten wurden zum letzten Wagen geschleppt, einem schwarz-grünen Wagen mit einem großen B darauf. Auf dem zweit- und drittletzten Wagen standen Troßkarren; sie wurden an den Rädern verkeilt und angeseilt. Klopfen drang herüber.

»Der letzte wird nur halb voll. Soviel Munition haben die nicht. Wissen Sie, was das bedeutet?«

Sie dachte, wir sollten in diesen Munitionswagen einsteigen. Das war gut gedacht. Es gab keine andere Möglichkeit.

»Der geht in die Luft, wenn ein Bombensplitter hineinfährt. Deshalb hängt er am Schluß des Zuges«, sagte das Mädchen. »In Deutschland gibt's Fliegerangriffe. Vielleicht haben Sie auch schon davon gehört.«

Ich sagte: »Weil du Angst hast, bist du spöttisch.« Eifrig nickte das Mädchen und sagte singend: »Oh, gewiß.« Es bohrte sich die Fingernägel in die Hand, hockte geduckt an der Böschung, den Daumen unter der Lederschlinge seines Rucksacks. Drüben schrie einer durch die hohlen Hände: »Fertig! Das Gelump ist verladen!« Mit »Gelump« meinte er die Munition. Dann rannte er den Zug entlang. Soldaten sprangen auf, die Lokomotive pfiff. »Los!« sagte das Mädchen. Ich wollte laufen, aber sie hielt mich zurück. »Nein. Es geht nicht. So geht es nicht...«, und sie begann am Bahndamm bis zu einem Signalteller entlangzukriechen. Dann huschte sie über die Geleise. Zum Glück verwischt uns das Zwielicht, dachte ich. Wir liefen zwischen den Geleisen, auf denen der Zug stand. Und als er anruckte, witschten wir um den letzten Wagen und sprangen auf. Wir fuhren.

»Sauerei«, sagte eine Stimme draußen. »Halt!« rief sie. Langsam hielt der Zug. Ein Mann stieg zu uns ein. Ein Offizier. Es war ein Hauptmann. Die Uniformjacke überm Arm, die Schildmütze in den Nacken geschoben, einen Stock in der Linken, stemmte er sich herauf, blieb, auf seinen Stock gestützt, in der offenen Tür stehen und schaute hinaus. Das Mädchen griff in seinen Rock. Ich hielt ihr die Hand fest. »Solch eine Schweinerei – finden Sie nicht auch?«, fragte er und kehrte uns – der Zug fuhr wieder an – den Rücken zu. Dann drehte er sich um, sah über uns hinweg und sagte: »Die hätten ihren Chef am liebsten hiergelassen.«

Er trat in den leeren Teil des Wagens. Die andere Hälfte war mit Munitionskisten vollgestopft. In der Ecke lagen eine Luftmatratze, Decken und eine Zeltplane. »Da dachte ich alter Esel, ich sei allein auf der Reise, und jetzt sitzen schon zwei hübsche Damen da. Haben Sie etwas zum Einwickeln? Nachts wird es kalt. Nehmen Sie das. Ich brauche es nicht.«

Er warf mir eine Decke zu. Dann hockte er sich in die offene Tür, zündete eine Zigarette an und schaute hinaus. Das Mädchen flüsterte mir zu: »Was habe ich gesagt? Man muß immer heiter in die Zukunft schauen.« – »Sei still, du hast nach deinem Messer gegriffen«, sagte ich. Sie lächelte.

»Setzen Sie sich zu mir. Die Beine hängen Sie lieber

nicht hinaus«, sagte der Hauptmann.

Wir setzten uns neben ihn. Er redete nichts. Mir bot er eine Zigarette an. Ich nahm sie, er gab mir Feuer. Ich rauchte. Er war ein Mann mit Hakennase, ungefähr fünfzig Jahre alt, der graues, über der Stirn glatt zurückgekämmtes Haar hatte. Der wollte allein sein, sonst hätte er sich nicht im Munitionswagen ein Lager herrichten lassen. Pech für ihn, daß wir hier saßen.

»Sie sind also auf der Flucht nach Westen. Wir fahren nach Italien. Endlich kommen wir aus Rußland raus«, sagte er.

»Rußland hat Ihnen nicht gefallen?«

»Doch. Und Sie sind Russin. Deshalb lasse ich Sie und das Mädchen ungeschoren.«

Er schwieg. Es war fast dunkel. Die Ebene war mit tintiger Bläue überspült. In tieferen Schichten, über Seen und hinter flachen grünen Wellen lagerten Hauch und Dunst wie Gespinst, wie faserige Samen. Die Häuser hatten sich geduckt. »Sie wollen wissen, was ich von Rußland gesehen habe?« fragte der Hauptmann. »Schwarze Eidechsen, schwarze Schlangen und einen gewaltigen Himmel. Eine ebenso gewaltige Erde. Das ist schon eine Menge: Schwarze Schlangen, schwarze Eidechsen im Sumpf. Wenn ich nur Bescheid wüßte über Eidechsen und Schlangen. Nicht mal das weiß ich. Um so weniger von den Menschen... Mir fallen Worte ein wie: Gleisdreieck, Posselock sieben, Ljubino Pole. Namen auf der Karte. Schlangen und Eidechsen sind wichtiger. Wenn mich jetzt die andern hörten, würden sie sich wundern: Seit wann ist der Alte so gesprächig?« Er lachte. Der Brotgeruch der Felder drang herüber, warm und stark. Der

Himmel hatte einen gelben Mond.

»Legt euch hin, wenn ihr müde seid«, sagte der Hauptmann. »Das kleine Fräulein redet sowieso kein Wort.« Er meinte das Mädchen. Es lehnte neben mir an der Waggonwand, sein Gesicht war fahl, nur die Augen glitzerten. Es drehte einen Grashalm in den Fingern. Dann warf es den Halm weg und seufzte. Es stand auf. Ich stand auch auf und legte ihm den Arm um die Schultern: »Hast du Schlaflust?« Das Mädchen nickte. Es sagte: »Ich stinke. Nach Schweiß und anderem.« – »Das ist nicht wahr«, sagte ich. »Ja?« fragte es. »Das freut mich. Ich habe Angst, ich stinke.« Wir standen hinter dem Hauptmann und sahen durch die offene Tür, die bis zu den Rändern mit Himmel gefüllt war. »Legen wir uns hin?« fragte das Mädchen. »Ja, wir legen uns hin.«

Mit meiner Wattejacke, mit ihrer Jacke und mit der Decke des Hauptmanns machten wir uns in der anderen Ecke ein Lager. Dort roch es nach Pferdeurin. Das Mädchen umschlang mich und flüsterte: »Ich habe genug. Ich bin überflüssig. Sie brauchen mich nicht mehr, Fräulein Tamara.«

In der Nacht wachte ich auf. Da saß der Hauptmann wieder in der Tür, und draußen stand ein langer, hagerer Kerl im Mondlicht. Er trug viele Orden; sie gleißten wie seine Silberlitzen auf den Schultern. Ich sah das Eiserne Kreuz. Der Kerl war Feldwebel. Der Hauptmann trug keine Orden. Der Feldwebel sagte: »Herr Hauptmann, diese blaublütigen Schweine, die das Attentat auf den Führer verübt haben, sind geschnappt worden. Sie werden vor den Volksgerichtshof gestellt.« Der Feldwebel grinste breit, sein Mund war dunkel aufgespalten. Der Hauptmann sagte: »Gehen Sie weg. Wir fahren weiter.« Er stand auf und warf die Tür zu. Das Mädchen neben mir fuhr hoch. Ich hielt ihm den Mund zu, weil ich fürchtete, es werde schreien. Der Hauptmann horchte. Draußen entfernten sich Schritte. Taschenlampenlicht schwankte mit gelbrotem Schimmer im dunklen Wagen, der Hauptmann tastete sich zu seinem Lager und streckte sich aus. Als wir weiterfuhren, sagte er: »Der hat den Blutorden der Partei.«

»Kommissar?« fragte ich.

»Sie können auch Spitzel sagen.«

»Spitzel...« murmelte das Mädchen an meinem Ohr. »Spitzel... Ach, Fräulein Tamara, ich bin verzweifelt. Es ist nichts mehr zum Lachen. Bläuliche Mondritzen erhellen unser Gefängnis. Bläuliche Ritzen.« Ihre Lippen bewegten sich an meinem Ohr, doch hörte ich nichts mehr. Dann schlief sie ein. Drüben saß der Hauptmann. Sein Zigarettenende glühte. Der will mit mir reden, aber es ist klüger zu schweigen, dachte ich. Warum war das klüger? Weil Worte nichts verrieten.

Ich stand früher auf als der Hauptmann. Auch das Mädchen schlief noch. Eine Wand des Wagens war schon sonnenwarm, also gab es wieder einen klaren, reinen, heißen Tag. Ich stand an der Tür und öffnete einen Spalt, daß mich das warme Licht traf. Der handbreite Lichtarm kroch durch den Wagen und streifte das Mädchen, das sich immer noch nicht rührte. Es durchfuhr mich: Wenn sie mein Gift genommen hat, doch erinnerte ich mich sogleich daran, sie warm atmend neben mir gespürt zu haben. Dann hielt der Zug.

Der Hauptmann stand auf und sagte: »Ich gehe zur Feldküche, damit mir keiner den Kaffee bringt. Wenn ich draußen bin, schließen Sie die Tür. Verhalten Sie sich still, solange der Zug hält.«

Stimmen. Ein Gespräch dicht vor der Tür: »Da drinnen schläft der Alte. Allein.« – »Der gäbe einen guten Eremiten ab. Nun ja... mit dreiundfünfzig. Dann hast du auch die Schnauze voll.« – »Ich? Ich beneide ihn schon jetzt.« – »Es heißt, er sei anno dreiunddreißig aus dem Dienst entlassen worden. Ministerialrat oder so was. Am ersten Kriegstag haben sie ihn eingezogen.« – »Der hat den Pour le mérite.« – »Ich weiß. Sonst wär' er auch schon im KZ.« – »Haut ab, da kommt –«

»Ihr steht herum und schimpft über euren Alten. Holt lieber Kaffee«, hörte ich die Stimme des Hauptmanns. Und schärfer: »Verstanden? Los, haut ab!«

Als es still war, riß er die Tür auf. Ich trat zur Seite. Er hatte ein Kochgeschirr mit dampfendem Kaffee dabei, das er mir gab. »Moment«, sagte er, griff in die Tasche und zog ein zerquetschtes Stück Kunsthonig hervor, das in Zeitungspapier eingewickelt war: »Bringen Sie dem Fräulein das Frühstück ans Bett«, flüsterte er und lächelte auf eine Weise, daß ich ihn erstaunt anschaute. Er wandte sich um, sprang aus dem Waggon und warf die Tür zu. Er kam auch nicht, als der Zug wieder fuhr.

»Ich möchte Sonnenlicht genießen... Ach, da ist Kaffee und Honig!« sagte das Mädchen. »Wo ist unser Edelmann?« – »Es ist besser, er bleibt weg. Trinke lieber«, sagte ich. Sie trank, einen Arm auf den Ellenbogen gestützt, und sagte: »Gut... Ich hab' noch verpappte Augen... Fräulein Tamara, ich verbringe meine letzten schönen Stunden. Es tut so wohl zu wissen: Nicht mehr lange wird es dauern.« Sie wiederholte dieses: »Nicht mehr lange wird es dauern...« als Singsang, trank aus dem Kochgeschirr, biß ins honigbeschmierte Brot und ließ sich auf ihr Lager fallen. Dort starrte sie an die Decke und bewegte die Finger vor dem Gesicht, überkreuzte sie und verhakte die Daumen. Sie bewegte die Lippen und lächelte, als spänne sie einen Zauber.

Den ganzen Tag waren wir im Waggon eingesperrt. Der Zug hielt auf der Strecke. Es blieb still, wir hörten selten jemand reden, aber zweimal dröhnten Motoren in der Luft. In der Ferne wurde geschossen. Flakartillerie. Ich hätte gerne zugeschaut und dachte mir platzende Granatwölkchen zwischen stählernen Insektenschwärmen in der Himmelshöhe. Darunter eine Stadtsilhouette im Mittagslicht, die blauen Türme unversehrt, das Schattenbild unverändert, nachdem die Rauchfahnen verflogen waren. Ich hatte das bei Charkow gesehen: Flugzeuge, die sich senkten, Qualm und Feuer, und hernach das unveränderte Schattenbild der Stadt im Mittagsschimmer, wenn man es, wie ich, von weither betrachtete. Ich erzählte dem Mädchen davon. Sie sagte, wenn sie daheim hinterm Haus gesessen sei, habe sie gedacht, die Welt sei so groß wie eine Ritze zwischen Steinplatten, durch die Ameisen Sandkörner hervorschleppten; es sei rührend, wie sich die abmühten und wie wenig Sinn alles zu haben scheine. Sie redete im Liegen und fügte hinzu: »Was sage ich! Über Sinn und Unsinn kann niemand entscheiden.« Der Wagen wurde geschüttelt, der Boden war erschüttert von fern trommelnden Explosionen. »Man schüttelt uns in unserer Holzbüchse«, sagte das Mädchen. Es war stickig heiß im Waggon. Ein Luftzug hätte wohlgetan. Dünne, orangene Helligkeit füllte den Wagen, wo die Munition in weißen Holzkisten gestapelt war. Es roch nach frischem Holz, ein harziger, süßer, erwärmter Duft, der sich mit dem Geruch des Pferdeurins mischte. Dann wurde es dunkel, als verdeckten Wolken die Sonne. Ich glaubte, einen Brand zu riechen. Später, als wir weiterfuhren, war es wieder hell im Wagen.

Als es fast dunkel war, hielt der Zug. Wir hockten beieinander. Das Mädchen faßte mich am Handgelenk, als draußen jemand rief: »Da drin hocken Weiber! Beim Wegfahren habe ich zwei hineinspringen sehen!« – »Spinnst du?« fragte ein anderer. »Der Alte macht dich fertig, daß du in keinen Schlappschuh mehr hineinpaßt!« – »Wenn das Partisaninnen sind, lassen sie den Zug in die Luft fliegen.« – »Mensch, sag' das bloß nicht laut. In Deutschland hat es noch nie Partisaninnen gegeben. Das ist Zersetzung der Wehrkraft.« – »Das ist eine Unverschämtheit! Ich bin seit einunddreißig bei der Partei!« – »Ach so... Dann kann ich dich verstehen.« Ein paar lachten leise, wurden aber still, als der andere rief: »Ich schau mal da drin nach!«

An der Tür wurde gerüttelt. Sie schien festgeklemmt zu sein. Das Mädchen neben mir sah lächelnd an die Decke, streckte die Hand empor und bewegte die Finger. Ich dachte: Wenn er hereinkommt, werde ich die Tür hinter ihm zuschlagen, mich an ihn schmiegen und ihm zuflüstern: auf dich habe ich gewartet. Aber nun sagte draußen der Hauptmann: »Hallo, Sie! Kommen

Sie herunter! Was fällt Ihnen ein? Steigt der Kerl in meinen Salonwagen! Eine Frechheit.« Es wurde laut gelacht. »Wollen Sie meine Luftmatratze klauen? Ich verstehe, daß Sie darauf neidisch sind.« Der andere murmelte etwas. »Was, Sie haben gedacht, Weiber seien drin? Der glaubt, ich nehme meinen Harem mit... Da ist der Wunsch der Vater des Gedankens, was? Ich gebe zu, daß ich gern Frauen dabei hätte. Mit Frauen ist der Krieg interessanter. Wissen Sie was: Melden Sie sich zum Heimatdienst. Sie gäben einen braven Kommandeur für Nachrichtenhelferinnen ab. Bei Ihren guten Beziehungen zur Partei werden Sie das leicht schaffen. Reichen Sie ein Gesuch ein. Ich befürworte es gerne.«

Der Zug ruckte wieder an. Nagelschuhtritte polterten über Schotter. Dann wurde die Tür aufgerissen, und der Hauptmann schwang sich herein. Er ließ sie offen und setzte sich. Er zündete sich eine Zigarette an. Draußen herrschte Zwielicht. »Der Drahtfunk piept schon wieder: Starke Bomberverbände im Anflug. Machen Sie sich auf etwas gefaßt«, sagte er. Wir fuhren zwischen weitläufig verzweigten Gleisen. Dahinter schoben sich Hügel heran, blaugrün, mit Zwielicht getränkt. Hier mußte ein großer Bahnhof sein. »Die fahren uns in einen Sack hinein«, sagte der Hauptmann. Die Gleise schimmerten, als hätte es geregnet, von den Hügeln schauten viele blinkende Fensteraugen her. Also war die Stadt noch heil. Sollte sie jetzt drankommen? Sicherlich kam sie jetzt dran. »Passen Sie auf, Fräulein Tamara, die Häuser werden verwandelt in Gerippe«, flüsterte das Mädchen. »Ich werde nichts mehr davon sehen.« – »Unsinn«, sagte ich. Dann wurde ich an die Wand geschleudert. Der Wagen krachte. »Die haben nur unsanft gehalten«, sagte der Hauptmann. Er stand, auf seinen Stock gestützt, in der offenen Tür und klopfte sich die Hosenbeine ab. Er zündete wieder eine Zigarette an, hockte sich nieder und rauchte.

Stille. Es war so still, daß ich Signaldrähte aneinanderschlagen hörte. Ein klingelndes Geräusch. Es war fast dunkel.

Dann stand plötzlich der hagere Feldwebel draußen und hielt ein Papier oder eine Karte in der Hand. Seine Orden und Silberlitzen gleißten. Hinter ihm dehnte sich der halbdunkle Bahnhof unter einem Gewirr von Drähten. Hügel mit schimmernden Fensterscheiben stiegen empor. Eine tintige Luft herrschte. »Toll«, sagte der Hauptmann und deutete an den Himmel. Da stand oben ein mächtiges Sternbild und senkte sich langsam herab. Zwischen den Sternen rieselte Schimmel nieder und dehnte sich zu einem silberigen Fließen aus. Jetzt schütteten die Flakkanonen ihre unsichtbare Fracht in den Himmel hinauf. Es belferte und schütterte und krachte. Der Feldwebel war weggewischt. Der Hauptmann lachte: »Drücken Sie sich nur kräftig an Mutter Erde!« Dann Rauschen: Unsichtbare Lifts, deren Seile gerissen waren, rauschten herab. Hui! Krachen, Erdkrachen, Eisenkrachen. Geröll wurde geworfen. Ein höllisches Kugelstoßen fing an. Atempause. Weitab ein Rauschen, ein Klirren, wie ein Schlag in ein Porzellangeschäft, einen Glasladen.

Für einen Augenblick schien es, als stünde der Feldwebel mit den silbernen Orden wieder draußen. Etwas schien mich emporzuheben, ich wurde wie ein Kreisel gedreht. Dann stampfte es mich in die Ecke bei den Munitionskästen. »Kommen Sie herüber, das Mädchen ist verwundet«, hörte ich die Stimme des Hauptmanns. Draußen glühten Brände. Der Waggon war hell wie ein Gewächshaus, das von Abendrot durchleuchtet wird. Das Mädchen lag drüben wie zuvor, hatte aber rote Backen. Auch der Hauptmann hatte rote Backen. Die Wolldecke, in die das Mädchen eingewickelt lag, zeigte einen dunklen Flecken. Ich zog ihr meine Wattejacke unterm Kopf weg und schlüpfte hinein. Der Hauptmann fragte: »Frieren Sie?« Er sagte es schneidend. Wenn du wüßtest, daß ein Glasröhrchen drin versteckt ist, verstündest du mich, dachte ich. »Die Zeltbahn, drüben bei mir die Zeltbahn«, sagte der Hauptmann. Ich riß die Zeltbahn fort. Wir legten das Mädchen hinein. Sie sagte mit heller Stimme: »Das wird nichts mehr nützen.« Wir betteten sie auf die Zeltbahn und schoben sie zur Tür. Dann sprangen wir auf den Schotter hinaus. »Treten Sie dem da nicht ins Gesicht«, sagte der Hauptmann und zeigte auf den Feldwebel, der ausgestreckt am Boden lag. Wir zogen das Mädchen heraus. Der Hauptmann packte die Zeltbahn vorne an den Zipfeln und ich hinten an den Zipfeln. So stapften wir am Zug entlang. Ein Troßkarren versperrte den Weg, er war vom Zug herabgeschleudert worden. Ein Wagenrad drehte sich in der Luft. Orangener Himmel hinter einem schwarz gestreckten Gebäude, von dem ein Turm aufragte. Wir stapften zwischen liegenden Soldaten. »Ihr nehmt Deckung?« sagte der Hauptmann. »Macht Platz für einen Verwundeten.« Selten, daß sich einer rührte oder aufstand.

Wir schleppten das Mädchen durch eine Tür, auf die ein rotes Kreuz gemalt war. Dahinter lagen Stöhnende, Ächzende, Todverkrümmte. Wir stiegen über sie hinweg und legten das Mädchen neben ein Büfett. Auf dem Büfett waren Pakete aufgehäuft, aus denen Verbandmull quoll. Eine dicke Sanitäterin hantierte hinterm Tisch. Der Hauptmann sagte: »Sie versorgen dieses Mädchen.« Er deutete auf die Decke, in die das Mädchen eingewickelt war. Der dunkle nasse Flecken darauf war jetzt so groß wie eine Hand. Die Sanitäterin sah auf die Nadel einer Injektionsspritze, aus der farblose Flüssigkeit rieselte, zwängte sich im blutbefleckten Operationsmantel an mir vorbei und schaute auf meine braune Wattejacke. Dann musterte sie mich mit verkniffenen Augen. Einer, der am Boden lag, zerrte an ihrem Mantel. Sie stieg über ihn hinweg. Das Mädchen blickte mich groß an und krümmte einen Zeigefinger neben dem Gesicht. Ich beugte mich zu ihr, sie flüsterte: »Holen Sie das Büchlein aus meiner Bluse.« Ich griff in ihr Kleid, nahm das Notizbuch heraus und schob es in meine Jackentasche. Dort hielt ich es in feuchten Fingern fest. »Bitte verbrennen... Und Sie gehen fort. Bitte, gehen Sie schnell fort. Adieu, Fräulein Tamara.« Sie versuchte, die Hand zu heben, doch knickte sie ihr um. Sie schaute zur Decke, ihre Augen bewegten sich nicht.

Neben der Tür sprach die dicke Sanitäterin mit zwei großen Soldaten, die Stahlhelme trugen und zu mir herüberschauten. Der Hauptmann trat vor mich, wohl um mich zu verdecken. Die Soldaten sollten mich nicht sehen. Ich hörte ihn sagen: »Sie gehen hinter mir.« Ich folgte ihm. Immer noch stand die Sanitäterin bei den

Soldaten. Der Hauptmann sagte: »Machen Sie Platz. Wir haben eine Sterbende hereingetragen.« Da wichen sie zurück. Die Sanitäterin griff nach meinem Ärmel. Der Hauptmann drehte sich um. Jetzt wagte mich niemand mehr anzufassen.

Draußen stiegen wir durch Glassplitter und Schutt. »Sie passen auf, daß Sie sich nicht die Fußgelenke verletzen«, sagte er zu mir und legte den Finger an die Mütze.

Dann war ich allein. Ich stand in einer Halle, einer weiten Basilika mit einer großen Uhr am fernen Ende. Die Decke war aufgebrochen. Orangenes Licht, ein Widerschein, rann über das Gekröse aus Schutt und Menschen, das sich hier sammelte. Der Feuerschein floß durch den Fensterbogen, der drüben herausgerissen war. Unter ihm stockte Schutt und Menschenbrei. Verschwinde, dachte ich. Ich sah wieder die zwei Soldaten mit den Helmen.

Über eine Treppe hinaus in den orangenen Hauch, in Rauch und Feuer. Asphalt brodelte und brannte bläulich.

IV

Ich ging auf einem Trottoir und glaubte, die einzige zu sein. Der steinerne Gehweg konnte nicht brennen. Neben mir gluckten Feuertümpel brennenden Asphalts. Heiße Stürme kamen auf. Vom Feuer wurde Luft verzehrt, und neue Luft stürzte aus dem Himmel. Die Luft war heiß und rein, weil auch der Rauch emporgerissen wurde. Ich mußte mich an einem Geländer halten, so heftig zerrte saugende Luft an mir. Wenn die Bäume jetzt entwurzelt wurden, erhoben sie sich in die Nacht. Dann flog auch eine, die Tamara hieß, mit ihnen und brauchte kein Glasröhrchen mehr.

Plötzlich Stille. War die Luft erschöpft? Drahtgewirr, eine ausgeblasene Straßenbahn. Steig an den Höhen hinauf, dachte ich. Ich ging hinauf. Weiche den Menschen aus, dachte ich und wich ihnen aus. Sie kamen hervorgekrochen aus der Flanke eines Steinbruchs. Ich mußte an Ameisen denken, die aus einer Ritze quellen. Das Mädchen hatte von ihnen erzählt. Nun war dieser Engel verschwunden. Jetzt mußte ich mich selber führen.

Ich stieg einen Hügel empor. Oben stand ein kleiner Rundtempel. Darin rauschte es. Ein Wasserwerk. Es schien mir tröstlich, daß das Wasserwerk noch rauschte. Ich ging einen Weg hinab, der in einen Steinbruch führte. Auch das Mondlicht erschien wieder und machte den Steinbruch hell. Ein verlassener Steinbruch, in dem Baracken angesiedelt und mit Stacheldraht umsponnen waren. Mädchen, Frauen standen am offenen Tor, wechselten hindurch, redeten, traten heraus und schauten an den Himmel. Ich stellte mich zu ihnen und hörte Russisch sprechen. »Ihr seid Fremdarbeiterinnen«, sagte ich auf Russisch. »Ja. Woher kommst du?« – »Aus der Heimat.« – »Ist ein neuer Transport eingetroffen?« – »Das weiß ich nicht. Ich habe mich selbständig gemacht. Kann ich bei euch schlafen?« – »Ja, das kannst du.« – »Wo sind eure Wachen? Werdet ihr nicht bewacht?« –»Die Wachtposten sind grauhaarige Männer. Wenn der Drahtfunk piept, verschwinden die.« Sie lachten. »Gemütlicher Betrieb«, sagte ich auf Deutsch.

Ein Mann in Uniform tauchte auf, breitete die Arme aus und versuchte, uns ins Lager hineinzuschieben. Es war ein Buckliger, der asthmatisch aus der Lunge pfiff. »Geht doch hinein«, sagte er. »Wir gehen ja schon, Adolf«, sagten die Mädchen und lachten. Ich ging mit einer Kleinen, Üppigen, einem schwarzhaarigen Mädchen aus Lemberg, in eine große Baracke hinein, wo Holzbetten standen. »Lege dich über mich. Das Bett ist frei«, sagte die Polin, eine gewisse Franka Lander. Sie war Jüdin, sagte es aber niemand. Ich verstand sie. Niemand kriecht freiwillig in den Ofen.

Am Morgen wurden die Mädchen gezählt. »Antreten zur Zählung«, hieß es. Franka redete mit anderen Mädchen, sie ereiferte sich dabei, daß sie schwitzte und ihr das schwarze Haar in die Stirn hing. Sie strich es zurück und redete weiter. Die Mädchen sahen zu mir herüber, hörten Franka zu und nickten zögernd. »Endlich es mir gelungen ist, die zu überzeugen. Die glaubten, du seist ein Spitzel«, flüsterte mir Franka zu. »Du stellst dich bei der Zählung zwischen mich und die

Blonde mit den langen Zöpfen. Dann klappt alles.«

Wir stellten uns vor der Baracke auf. Es war warm und stürmisch und roch brandig. Ein Feldwebel kam mit einem Meldeblock, die Pistole an der Hüfte; er war groß und rothaarig, ein ›drahtiger Bursche‹, wie man in Deutschland sagt; seine wassergrünen Augen gefielen mir nicht. Er stand da, schaute auf den Meldeblock und musterte uns mit harten Augen. Unter der Schiffchenmütze quoll sein fuchsfarbenes Kräuselhaar hervor. Der Verwachsene, dem der Kopf tief zwischen den Schultern saß und der asthmatisch keuchte, war bei ihm. Er ging an den Reihen entlang und zählte. Plötzlich stand die Blonde mit den Zöpfen vor mir, die mich um eine Handbreite überragte und dick war. Aus den Baracken traten grauhaarige Männer; sie hatten alles durchsucht. Der Gnom meldete dem Feldwebel die Zahl, er schrieb sie auf seinen Meldeblock. »Abrücken zur Arbeit«, hieß es dann.

Ich ging mit Franka und der Blonden und drängte mich zwischen ihnen durch das Tor, wo der Asthmatische stand und auf einer Liste Kreuze hinter die Namen machte. Franka sagte: »Ich arbeite in einer Bäkkerei, wenn sie noch steht. Ich weiß einen Platz für dich.« – »In der Bäckerei?« – »Nein, woanders.« Wir gingen an dem Wasserwerk vorbei, das wie ein Rundtempel aussah. Es rauschte darin. Der Himmel war schmutzig. Die Sonne blinzelte trüb durch eine rötliche, schieferfarbene Nebelschicht. »Rauch«, sagte Franka. Es war der Rauch des nächtlichen Bombardements. Wir kamen in eine Straße mit einzelnen Häusern. Straßenbahnschienen zogen ihre schmale

Schneckenspur im schwarzen Asphalt, aber es fuhr kein Wagen, Vor einer Ladenbaracke sah sich Franka um und sagte: »Alles ist noch vorhanden. Drüben arbeite ich.« Auf der anderen Seite stand ein breites Haus, von dem ein Blechschild mit einer dicken Brezel heraushing. Vorgärten waren grün und hatten Zäune. Es begegnete uns niemand, wahrscheinlich, weil es noch früh war. »Zieh deine Wattejacke aus, nimm sie über den Arm«, sagte Franka. »Warum?« fragte ich. – »Weil jeder, der dich sieht, denkt: Eine Fremdarbeiterin.« – »Du trägst auch eine, allerdings eine blaue«, sagte ich. – »Bei mir ist das etwas anderes: Ich bin gemeldet.« Ich zog die Jacke aus. »Geh eine Stunde spazieren und komm wieder hierher«, sagte Franka. In die Bäckerei wollte sie mich nicht mitnehmen, weil dort eine alte Frau herrschte, die streng war. »Wenn sie dich sieht, sagt sie: Seid ihr jetzt zu zweit? und geht zu dem Rotkopfigen, dem Feldwebel, und will von ihm deine Papiere. Hier geht alles über das Arbeitsamt.«

Franka ging weg. Ich sah mir die Häuser an, sie waren alle braun oder schwarzbraun, wie rußgeschwärzt, und glichen einander. Ich ging an Gärten vorbei und am Hang hinauf. Neben einem Tennisplatz, auf dem Unkraut wucherte, stand ein niedriges Haus, aus dem Soldaten herauskamen. Ich wich in eine Wiese aus und fand einen halb verfallenen Schäferkarren; ein rostiges Ofenrohr ragte heraus. Das wäre das richtige Nachtquartier für mich gewesen, besser als das Lager, dachte ich. Aber dann hätte ich Franka nicht getroffen. Wenn mich Franka versteckte, wurden die anderen Mädchen neidisch und zeigten mich an. Für diesen Fall hatte ich das Glasröhrchen.

Ich hockte im Schäferkarren und sah auf die Uhr an einem flachen Gebäude. Ich wunderte mich, daß die Uhr noch ging. Das Haus hatte einen kurzen Turmstumpf mit einer Uhr. Ich ging wieder in die Straße mit den schläfrigen Häusern zurück. Dort hielt mich jemand am Arm fest. Als ich zur Seite schaute, war es Franka: »Ja, ich vergesse dich nicht. Ich habe schon so viel übergelebt, daß ich nicht mehr möchte leben«, sagte sie auf Deutsch. »Warum ich dir helfe? Ich es nicht weiß. Ich nicht gut bin, ich nicht schlecht bin. Ich eine Laue bin... Du merken bald, daß ich bin haltlos. Ich schlafen mit Feldwebel in Lager, damit ich es habe gut. Du verstehen? Aber jetzt du mitkommst. Es nicht ist weit zu gehen.«

Wir kamen zu einer Gartentür; sie war schwarzbraun wie das Haus. In der Mitte war ein weißes Porzellanschild festgeschraubt. Darauf stand in gotischer Schrift: »Heyn.«

Ich deutete auf dieses Schild und fragte: »Hier gehen wir hinein?«

Franka nickte: »Ja... Warum hast du schmale Augen?«

»Habe ich schmale Augen? Geh nur voraus.«

Franka legte einen Finger auf den Mund: »Hier nirgends Russisch sprechen. Du hier immer mußt Deutsch sprechen mit mir, Tamara. Du können besser Deutsch als viele Deutsche.« Sie ging vor mir über die Gartentreppe aus porösem Stein. Efeu hing über eine Mauer. Im Spalt vor der Hauswand wuchs Lattich und Löwenzahn. Ich grüßte im stillen dieses Unkraut, weil hier alles geordnet und ordentlich war. Wenigstens brachte dieses Unkraut eine Ahnung von Wildnis herein. Vor der Treppe zur Tür war ein Kiesweg grünwollig von Gras. Franka ging mit ihrem dicken Hintern vor mir. Sie blieb auf der Treppe stehen und sah mich an. Sie hatte braune Augen, ein fleischig verschwommenes Gesicht mit einer gebogenen Nase und frischhäutigen Backen. Sie war höchstens achtzehn und hielt sich schlaff. Du bist jung und doch alt, dachte ich.

Sie drückte auf den Klingelknopf. In der Tür war ein Fenster mit durchsichtigem Vorhängchen. Dahinter bewegte sich ein Gesicht. Die Tür ging auf: »Grüß Gott, Franka. Komm herein.« Eine kleine weißhaarige Frau sah mich durch Brillengläser groß an und gab mir die Hand. »Ich weiß Bescheid«, sagte sie leise und führte uns in die Wohnstube. Dort standen zwei Tassen, eine Kanne mit Kaffee, Brot und Marmelade. Sie schenkte uns Kaffee ein. »Eßt zuerst«, sagte sie. Franka sagte: »Das ist sie also«, auf Russisch. – »Sie heißen Tamara Lasowskaja. Und ich bin Frau Heyn. Mein Sohn ist in Rußland«, sagte die alte Frau. »Sie bleiben bei mir. Sie können in der Dachstube meines Sohnes schlafen. Sie sind bei mir zu Besuch.«

Gute Frau Heyn. Schweigen, nichts erzählen, nichts verraten. Ich war hierhergekommen zu einer gewissen Frau Heyn und sollte in der Dachkammer ihres Sohnes wohnen. Bei ihr trank ich mit einem Mädchen namens Franka Lander Kaffee. Es tat mir wohl, Kaffee zu trinken. Ich war schärfere Zeiten gewohnt. Trotz aller Güte war eine Glaswand aufgerichtet zwischen Frau Heyn und mir. Franka hatte es leichter; sie ließ sich treiben. Letzte Kriegsmonate lang ließ sie sich treiben. Hier lockten weiche Gelegenheiten, die mich schlaff machen wollten. Laß dich nicht darauf ein, dachte ich. Frankas weiches Gesicht schimmerte im Zimmer, indes sich hinter dunklen Läden hellgrüne Blätterlichter rührten. Sie war eine Weiche, eine Labile, eine Molluske. Durch eine Glaswand war die gütige Frau Heyn von mir getrennt. Ich hatte die Glaswand als Schutz. Die Glaswand und den Gedanken: Hier bist du nicht zu Hause, du gehörst nicht zur gütigen Frau Heyn. Du mußt immer daran denken, daß du ein Glasröhrchen, eingenäht in den Saum einer braunen Wattejacke, bei dir trägst. Laß dich auf nichts ein, laß dich nicht verweichlichen von Güte. Die Güte der Frau Heyn ist gefährlich.

Franka bewegte weichpolsterige Finger. Sie sagte: »Zuerst ich habe mich entsetzt über schlimme Ausdrücke im Lager. Und jetzt? Ich selbst sage alle schlimmen Ausdrücke, die ich gehört habe im Lager.« Sie lachte. Ich kannte die »schlimmen Ausdrücke« von früher. Als Medizinstudentin hört man allerlei. Ich hatte dieselben schlimmen Ausdrücke gesagt. Manche schauten mich deshalb seltsam an, ließen mich aber in Ruhe. Die Mädchen, die nichts Schlimmes redeten, ließen sie nicht in Ruhe; sie spotteten über sie. Für mich waren die schlimmen Ausdrücke ein Schutz. Sie dienten mir als Glaswand.

»Du kamst vom warmen Elternhaus zu den Soldaten?« fragte ich.

»Ja. Du sagen: ›Warmes Elternhaus‹. Du sagen lustige Sachen, Tamara!« Franka lachte kullernd und glucksend. Sie trank kräftige Schlucke Kaffee und biß ins Marmeladebrot. Es schmeckte ihr. Du bist ein Kind, dachte ich. »Darf ich führen Tamara in die Stube unterm Dach?« fragte Franka. »Ja«, sagte Frau Heyn, »ich gehe mit hinauf. War der Kaffee gut?« – »Der hat uns geschmeckt«, sagte ich.

Die Dielen knarrten im Gang, als wir hinaufgingen. Eine steile Treppe führte unters Dach, wo rotbraune Ziegel auf geschwärzten Latten lagen. Hinter den Ziegeln rauschten Bäume. Es roch nach warmem Holz. Neben einem Kasten war eine graue Tür. Franka machte sie auf. Ich ließ Frau Heyn und Franka vorausgehen. Dann ging ich hinein. Das war eine behagliche Kammer, das war eine Klause, eine Zuflucht. Viele Bücher besaß der junge Herr Heyn. Neben dem Fenster ein Schreibtisch mit einem altmodischen Tintenzeug. Ich sah die Bilder an. Alle waren mindestens hundert Jahre alt.

»Ist Ihr Herr Sohn ein Dichter?« fragte ich Frau Heyn.

Sie bekam ein rotes Gesicht und sagte: »Er ist Student.«

»Wie heißt er mit Vornamen?«

Frau Heyn schaute auf den Schreibtisch, wo in einer Fayencevase mit goldrotem Blumenmuster eine frische Rose steckte. »Er hat einen Namen, der kommt selten vor; ein wenig gebräuchlicher Name. Er heißt Abel.«

»Ein guter Name. Ein heller Name. Der Name weist die Gewalt zurück«, sagte ich.

»Das wissen Sie also…« sagte Frau Heyn. Sie schaute auf die Rose.

»Schießt er mit seinem Gewehr?« fragte ich.

»Nein«, sagte Frau Heyn.

»Er sieht aus, daß du denkst: Er nicht paßt in eine

Uniform«, sagte Franka. Sie lehnte an einem der Regale, die vollgestopft waren mit Büchern. Franka sah schlaff aus in ihrem dünnen schwarzen Kleid; vom aufgetrennten Rocksaum hing ein Zipfel nieder. Auf einer Bauernuhr mit langem Perpendikel stand die Zeit still. Ein Bett wie für einen Knecht bauschte seine Kissen. »Es ist ein gutes Bett«, sagte Frau Heyn. – »Wie lange ich nicht mehr habe geschlafen in einem guten Bett... Aber ich es gönne der Tamara«, sagte Franka. Sie hätte besser in das Bett gepaßt als ich. Ich gehörte hier in Deutschland auf einen Strohsack oder ins Heu.

»Legen Sie sich nieder. Ruhen Sie sich aus. Wir lassen Sie allein«, sagte Frau Heyn. Franka und Frau Heyn gingen hinaus.

Ich fand ein Nachthemd im Bett. Dann zog ich mich aus, legte mich nieder und schlief bald ein.

Spät wachte ich auf. Ich ging über die steile Treppe in den Gang hinunter. Unter einem Fenster zitterte ein Sonnenfleck, als durchleuchte er die gelb gewachsten Dielen. Ein Stuhl mit geschweiften Füßen stand unter dem Fenster, das Efeu umrankte. Eine zärtliche Umgebung... Das ist ein behagliches Heim, dachte ich. Franka lachte hinter mir, ich hatte sie nicht bemerkt. Sie stand auf der Treppe, legte Schaufel und Kehrbesen beiseite und trat neben mich. »Fühlst du dich hier wohl? Ich fühle mich hier wohl... Ach, Tamara, wenn ich hierherkomme aus dem Lager, dort, wo ich innen zerrissen werde von rostigem Stacheldraht, wo diese schrecklichen Kerle sind – der rothaarige Feldwebel ist schlimm, ich habe blaue Mäler überall am Leib –, besänftigt mich hier die Stille und daß es nur gibt altmodische Möbel... Ach, Tamara, ich gern hätte gelebt vor hundert Jahren. In der Provinz. Ich wäre geworden eine treue Gattin, die gute Gattin eines Lehrers oder eines Schreibers am Gericht.« Sie warf das Russische und das Deutsche durcheinander. »Heute aber mich alles zerfetzt, was ich erlebe. Ich bin gelähmt, Tamara. Ich weiß: Ich verlottere, verkomme... Ich geh zugrund... Aber es nicht schade um mich ist, Tamara. Ich bin eine Schwache.«

Ihre Wimpern waren mit Tränen behängt. »Rede nicht so, Franka. Wer weiß, was mit uns noch geschieht. Auch Frau Heyn –« sagte ich, aber sie unterbrach mich: »Oh, Frau Heyn wird es überleben! Frau Heyn und dieses Haus bleiben heil. Warum sie bleiben heil? Weil sie aufgerichtet hat mit ihren Gedanken einen undurchdringlichen Schirm gegen die Bomben. Meine Gedanken aber sind zu schwach.«

Sie redete laut und wild, mit russischen und deutschen Brocken, und mußte sich wieder schwarze Haare aus der heißen Stirne wischen. Ich dachte: Auch meine Glaswand ist undurchdringlich. Arme Franka, daß du keine Glaswand um dich hast.

»Hier ist London mit den Abendnachrichten in deutscher Sprache«: Am Abend saß ich mit Frau Heyn am Radioapparat und hörte den Londoner Sender. Frau Heyn saß am Tisch, die Brille auf der Nase, und schrieb auf, was der Sprecher sagte. Sie bekam oft große Augen, ballte die Faust, aus der ihr Bleistift herausragte, und rief: »Ist ja großartig!« Im Radio wurde der Reichsführer SS »der blasse Zwickerheinrich« genannt. Frau Heyn kritzelte es in ihr Büchlein. Ich hörte

Namen wie »Witzleben« und »Gördeler« und dachte: Die hast du schon irgendwo gelesen... Auch ein Admiral mit Namen »Canaris« wurde genannt, und es hieß, er habe in der Bendlerstraße gewohnt. »Das ist sehr interessant«, sagte ich zu Frau Heyn. Sie sah mich mit großen Augen an. Vielleicht dachte sie, ich gehörte auch zu »den Verschwörern«, zu »den Attentätern«, die Hitler hatten verschwinden lassen wollen. Der Mann im Rundfunk sagte, Hitler wolle sie an Fleischerhaken aufhängen und ihren Tod filmen lassen, um sich hernach den Film in Ruhe ansehen zu können. Frau Heyn hatte alles aufgeschrieben.

Das war vernünftig. Hätte sie Herrn Hitler geachtet, so wäre ich nie mit ihr bekannt geworden. Es vertieft meine Sympathie für Frau Heyn, daß sie ihn nicht liebt, aber vor der Sympathie für Frau Heyn muß ich mich hüten; Sympathie trübt deine Gedanken, dachte ich. Es war, als löse sich die Glaswand auf, die zwischen mir und ihr errichtet war. So weit durfte es nicht kommen. In einem gewissen Sinne gehörten wir zusammen, aber letzthin war sie mir fremd. Sie mußte mir fremd bleiben. Laß dich auf nichts ein, dachte ich. Fürs ganze Leben werden wir einander nicht verbunden bleiben, nur jetzt, da Hitler herrschte und Hitler mich nach Deutschland vertrieben hatte, wo ich abgetrennt lebte, fanden wir uns zusammen. Später, wenn alles wieder vorbei war, dachte ich: Was geht dich diese Frau an, die nur in ihrem engen Hause lebt, eine Beamtengattin, wie es Millionen gibt. Aber das waren böse Gedanken, mit denen ich mich nicht einlassen durfte.

Mein Besitztum, meine Habe bestand in einer Wattejacke mit eingenähtem Glasröhrchen, einem Kleid samt Unterwäsche und dem Notizbuch, das ich dem Mädchen kurz vor seinem Tod aus der Bluse hatte herausnehmen müssen. Ich blätterte darin, wenn ich allein war. Es enthielt Adressen. Mit winziger Bleistiftschrift waren Namen aufgeschrieben, von denen ich drei kannte: Witzleben, Gördeler und Canaris. Das war also ein wichtiges Notizbuch. Wenn man es bei mir fand, war es Zeit, den Saum der Wattejacke aufzureißen, das Glasröhrchen zu öffnen und die weißen Kristalle hinunterzuschlucken.

Ich lieh mir von Frau Heyn Nadel, Faden und Schere, trennte den Saum auf, sah das Glasröhrchen an – es war unverletzt – und steckte Glasröhrchen und Notizbuch in den Saum hinein. Dann nähte ich ihn wieder zu.

Kurz darauf stand ich im Gang. Es war still im Haus. Die Kirchenuhr schlug zweimal. Frau Heyn schlief unten auf dem Sofa. Nachmittagsschlaf. Da klingelte die Glocke. Ich wartete. Es läutete ein zweites Mal. Nun hörte ich unten Frau Heyn. Sie ging zur Tür, murmelte etwas, das ich nicht verstand, und öffnete. »Heil Hitler, Frau Heyn«, sagte eine Männerstimme. »Ach so, Sie sind's. Kommen Sie nur herein«, sagte Frau Heyn. »Was gibt's?« fragte sie. – »Ich wollte mich erkundigen, wie es Ihnen geht. Ob Sie den Angriff gut überstanden haben... Frau Heyn, Sie sollten aus der Stadt wegziehen. Auf dem Lande ist's ruhiger. Sie sind doch auch nicht mehr die Jüngste.« – »Ich bleibe hier. Ich habe nichts zu fürchten.« – »Es heißt, Sie hätten Besuch bekommen. Stimmt das?« – »Besuch? Ich? Sie spinnen wohl. Ich bin froh, wenn ich niemand sehe.«

Der Mann schwieg eine Weile, dann sagte er: »Wissen Sie, Sie sind doch befreundet mit –« Er nannte einen Namen, den ich nicht verstand; ich dachte: Das kann nur die Bäckerei schräg gegenüber sein. »Ja und? Wollen Sie mir das verbieten?« fragte Frau Heyn. – »Nein, aber Sie wissen, daß dort eine Fremdarbeiterin beschäftigt ist.« – »Die Franka? Ja, die Franka, die kenne ich gut. Die putzt manchmal bei mir, dafür bekommt sie einen Kaffee. Einen Malzkaffee. Sie trinken sicher keinen Malzkaffee?« – »Doch, ich trinke nur Malzkaffee, Frau Heyn. Ich nehme alle Entbehrungen auf mich, die der Führer von mir fordert.« – »Sehen Sie, Herr Möss: Dann sind wir einig. Wir müssen alle für den Führer Opfer bringen. Der Führer bringt auch für uns Opfer. Adieu, Herr Möss.«

Ich schaute die Treppe hinab. Der Mann ging hinaus, Frau Heyn schlug die Tür zu, ballte die Faust und streckte die Zunge heraus.

»Das ist ein blöder Kerl«, sagte sie zu mir. »Das ist der Ortsgruppenleiter.«

Bald danach kam Franka. »Bist du dem Möss begegnet?« fragte Frau Heyn. »Nein... wenn ich kommen sehe Herrn Möss, ich schnell laufe in die nächste Gass'«, sagte Franka. – »Das ist gescheit. Aber wißt ihr, den sehe ich immer so an: – –« Frau Heyn riß die Augen auf, ließ sie herausquellen und ballte eine Faust. Wir lachten.

An- und abschwellende Sirenentöne durchdrangen die Wände. Wir gingen in den Keller. Frau Heyn setzte sich auf eine Kiste, das Kinn auf die Faust gestützt. Es war ein niedriger Keller mit gewölbter Decke. Wenn das Haus über uns zusammenfiel, erstickten wir in diesem Mauseloch. Franka drängte sich an mich, als draußen wieder Lifts herunterrauschten, deren Seile gerissen waren, und weitab mit Flaschen gefüllte Säcke splitterten. Es rumpelte und polterte, es roch nach feuchter Erde und moderigen Kartoffeln. »Kein großer Angriff, das spür' ich gleich. Ihr müßt denken: dem Haus passiert nix, und euch das Haus vorstellen, es im Kopf stecken haben, dann wird kein Dachziegel zerschlagen«, sagte Frau Heyn. Ich dachte: Hier bin ich eingesperrt, lieber laufe ich im Wald herum, hier ist es mir langweilig. Was geht mich das Haus der Frau Heyn an? Franka drückte sich an mich und roch süß nach Parfum. Wasch dich lieber, als daß du dich parfümierst, dachte ich. Frau Heyn hob den Zeigefinger, lauschte und lächelte. Durch die Stille drang von oben der Schlag der Standuhr im Wohnzimmer, und ich sah das Wohnzimmer mit dem schweren Tisch und dem mächtigen Büfett vor mir. Das war mir zu behaglich. Diesmal war die Gefahr abgewendet, das Unwetter hatte sich polternd verzogen. Franka atmete auf und rückte ihren fleischigen Busen zurecht. Frau Heyn ging aufrecht aus dem Keller hinaus und stapfte uns voran über die Kellertreppe. Rissige und ausgelatschte Stiefel mit trockenen Erdkrusten standen auf den steinernen Stufen; an der Wand hing eine rostige Sichel. Hier gefiel es mir besser als in den sauberen Zimmern. Auch unterm Dach, wo Wind durch Ziegelritzen strich und Grus die Latten schwärzte, wurde es mir freier um die Stirn, aber in der Kammer mit den vielen Büchern, wo ich schlief, fühlte ich mich als Eindringling. Zum Glück erzählte Frau Heyn nie von ihrem Sohn, steckte aber immer eine frische Blume in die Vase auf dem Schreibtisch.

Dumpfes Warten. Dumpfes Warten. Ich hatte keine Angst, es war, als lauere nichts auf mich, während ich hier bequem herumsaß, Frau Heyn im Haushalt half, die weiche Franka Lander tröstete und den Londoner Sender hörte. Du wirst fett werden, dachte ich, obwohl die Kost schmal war, weil Frau Heyn ihre Lebensmittelmarken mit mir teilen mußte. Ich durfte nur bei Nacht das Haus verlassen und mich tagsüber an keinem Fenster zeigen. Einmal sagte Frau Heyn: »Wir gehen zusammen ins Kino.« Ich dachte: Hoffentlich fallen keine Bomben. Wir gingen zu Fuß in die Stadt hinunter. »Straßenbahn ist schlecht, dort kann uns der Möss erwischen«, sagte Frau Heyn und schob mir einen Geldschein ins Kleid: »Die Karte kaufen Sie sich selbst, damit es nicht auffällt. Wir gehen hintereinander ins Kino hinein und kennen uns nicht. Verstanden?« Sie sah mich mit großen Augen an. An den Straßenrändern hockten Trümmerhaufen. In Ruinen wuchs Gras. Neben dem Trottoir sah ich in ein Kellerloch hinein. Da lag ein Kranz aus Feldblumen, nicht größer als eine Hand, auf einem Erdhügel. Die Fensterscheiben an den hohen Häusern schimmerten, die Straße war dunkelschleierig von grauroter Dämmerung. Fenster hatten sich in Löcher und die Wohnungen in steinerne, von Zwielicht durchflossene Gerippe verwandelt. Oben trug der Himmel Blau und Gold. Schau zum Himmel auf, dachte ich. Mir fiel ein, daß ich meine Wattejacke nicht bei mir hatte. Wurden wir im Kino von Bomben überrascht, so verbrannten im Haus der Frau Heyn die Wattejacke, das Glasröhrchen und das Notizbuch. Ich biß mir auf die Lippen und ballte beide Fäuste. Verfluchte Behaglichkeit, verfluchte Rücksicht auf die Deutschen, verfluchte Vorsicht meinetwillen, weil man mich in der Wattejacke als Russin erkannt hätte. Frau Heyn sah mich von der Seite an und machte die Lippen schmal. Die wußte, was ich dachte.

Im Kino ging ich hinter ihr. Sie suchte die Plätze und setzte sich. Ich setzte mich neben sie. Eine Männerstimme sagte: »So, Frau Heyn, auch da?« Sie sah zur Seite: »Und Sie sind auch da.« Sie stieß mich mit dem Ellenbogen an. Der Ortsgruppenleiter Möss, ein Mann mit schwammigem Gesicht, saß neben ihr. Hoffentlich wird es bald dunkel, dachte ich. Im Kino war es stickig heiß. Dann in der Dunkelheit die Wochenschau: »Sie sehen Aufnahmen der Verhandlung vor dem Volksgerichtshof.« Szenenfetzen: Ein hagerer Mann ohne Krawatte mit großem Adamsapfel stand zwischen glotzenden Polizisten. Ein kleiner, kahlköpfiger Kerl mit krummer Nase und Kräuselhaar über den Ohren schrie und zappelte mit flatternden Ärmeln. Offiziere, das Eiserne Kreuz auf der Jacke, saßen grinsend abseits und wippten mit den Füßen in hohen Schaftstiefeln. Der hagere Mann mit dem großen Adamsapfel sagte: »Ich habe...«, dann fuhr der kreischende Aasvogel in der Richterrobe dazwischen. Köpfe glitten vorbei, darunter einer mit hoher Stirn und dicken Brauen, dann ein Polizistengesicht, die Nackenwülste überm Uniformkragen zusammengepreßt, und dann: Der Onkel. Sein Zwicker zitterte wie damals auf dem Gutshof in Ostpreußen, glänzte und verdeckte seine Augen. Die Wangen eingesunken, ein faltig verschlossener Mund – die haben ihm seine Prothese zerschlagen, dachte ich – und Schultern, so schräg und schlaff, als umhülle sein Rock ein Gerippe. Es war nur für eine Sekunde. Das Bild riß ab. Vielleicht hab ich mich auch getäuscht, vielleicht war es gar nicht der Onkel. Man sieht einander ähnlich, wenn man in Not ist.

Nun schleppten stramme Soldaten einen Granatwerfer. Frau Heyn sagte laut: »Mir wird's schlecht« und stieß mich mit dem Ellenbogen an. »Aufstehen, rausgehen«, flüsterte sie.

Franka gefiel mir immer besser. Wenn sie ins Haus kam, freute ich mich. Warum, das konnte ich nicht sagen, und ich wollte auch nicht darüber nachdenken. Sie kehrte die Stiege mit Besen und Schaufel, die Schaufel klapperte und der Kehrbesen wischte auf den glänzenden Stufen aus hartem Holz. Sie trug immer noch dasselbe schwarze, schlecht sitzende Kleid aus durchsichtigem Stoff, sie hatte es in der Nacht angehabt, als ich sie vor dem Lager getroffen hatte. Das Lager hätte ich gern wiedergesehen. Das dünne Rostgeflecht des Stacheldrahts um die braunen Baracken sah ungefährlich aus, dazu das Unkraut, das überall wucherte. »Wie geht es im Lager?« fragte ich auf Russisch, und Franka erwiderte, während sie den Besen wischen ließ: »Wie immer. Gemütlicher Betrieb.« Sie schaute auf, lächelte und hatte einen roten Kopf vom Bücken. Ihre dünne Haut ließ auch an den fleischigen Händen das Blut durchschimmern. Ihre Finger fühlten sich geschmeidig an, wie eingeölt oder als hätte sie Hautcreme hineingerieben. »Mit dem Feldwebel habe ich nichts mehr. Es ist Schluß. Ich habe ihm Angst gemacht. Die andern Soldaten wissen es, habe ich zu ihm gesagt. Wenn die es weitermelden... Jetzt fürchtet er, seinen Posten zu verlieren. Siehst du, das heißen solche Männer Liebe.« – »Warum hast du das getan? Jetzt geht es dir bald schlecht.« – »Nein. Ich immer noch mehr zu essen bekomme als die andern. Er fürchtet sich doch. Er denkt: Wenn die Franka mich verrät...« – »Und weshalb hast du Schluß gemacht?« – »Weil... du mich sonst verachtest«, sagte sie, drehte sich um, bückte sich und kehrte wieder den Boden. Sie steckte barfuß in ausgetretenen Schuhen. Später machte sie die Dachkammer sauber. »Du sollst nichts arbeiten, du bist mehr wert als ich, Tamara«, sagte sie. Das war ein törichter Gedanke. Ich war älter als sie, das war der einzige Unterschied.

Sie schleppte den zerfransten Teppich aus der Dachkammer in den Garten. Dort klopfte sie ihn aus. Ich stand unter der Tür und sah ihr zu. »Geh doch hinein, Tamara! Wenn man dich sieht und jemand sagt es dem Ortsgruppenleiter, bist du verloren.« Sie redete heiser, gedämpft. Staub flog vom Teppich, sie klopfte, riß ihn vom Seil, drängte sich an mir vorbei und streifte mich. Oben in der Kammer lehnte sie sich wieder an mich und fragte: »Hast du eine Photographie von ihm gesehen?« – »Wcn meinst du?« – »Den, der hier gewohnt hat.« – »Nein«, sagte ich. »Warum?« – »Weil er aussieht so... geistig. Er trägt eine Brille.« – Ich lachte: »Er ist ein Träumer!« – »Kennst du ihn?« Sie sah mich groß an; ihre Augen hatten bernsteinerne Einsprengsel. »Unsinn«, sagte ich und drehte mich um. »Wie kommst du darauf? Bis vor kurzem war ich noch in Rußland.« – »Vielleicht hat sie ihn getroffen in Rußland, er hat ihr seine Adresse gegeben und gesagt: Besuche meine Mutter, wenn es dir schlecht geht... Das habe ich gedacht.« – »In Rußland sollte ich dem Sohn der Frau Heyn begegnet sein? Eine Stecknadel in einem Heuhaufen findest du leichter.« – »Das beruhigt mich«, sagte sie. Wir sprachen Russisch. Sie sprach das Russische ein wenig holperig. »Nach dem Krieg, ich will lange im Bett liegen, ausschlafen, zum Friseur gehen, mich in vielen Spiegeln sehen, mich pflegen. Ich wünsche mir einen Mann, der mich verwöhnt«, sagte Franka.

Ich nahm meine Wattejacke vom Bett und sagte: »Ich geh' mit dir hinunter.« – »Ich muß doch jetzt wieder in die Bäckerei«, sagte sie. – »Ich weiß es. Ich gehe mit. Ich passe nicht in dies gepflegte Heim.« – »Du läufst nur dem Tod in die Arme«, sagte Franka. – »Das tut jeder. Ich will zu euch ins Lager.« – »Oh, was du dumm bist, Tamara! Jetzt du kannst schlafen in einem weichen Bett. Ich komme nicht darüber weg, wie ein Mensch weiß, daß es nur führt zum Tode, und er geht trotzdem mit mir. Es gibt nur: essen, schlafen, schaffen, sterben.« – »Nein«, sagte ich und dachte: Die glaubt jetzt, ich sei heroisch. Dabei treibt's mich nur fort aus der faulen Idylle. Oder gab's noch einen anderen Grund, den ich mir nur nicht eingestand? Vielleicht. Auf mich kam es nicht an, ich wollte mich nicht schonen. Du hast einen Engel verloren, dachte ich und sah das Mädchen im Wartesaal am Boden liegen mit zur Decke gerichteten Augen. Sei jetzt selbst ein Engel, Franka braucht einen Engel, dachte ich.

»Dir ist's recht, daß ich mit dir ins Lager gehe«, sagte

ich. Sie nickte und wischte sich die Augen: »Jetzt ich weiß, daß es noch anderes gibt als all den Dreck.«

»Was denn?« fragte ich.

Sie schaute im Gang auf ein Fenster. Sein Vorhang war gespannt und weiß. Sie sagte: »Liebe.«

»Ja, das gibt es auch,« sagte ich.

»Aber wo?«

Aber wo? Ich wollte nicht sagen: Hier bei mir; ich suchte auch danach. Das Mädchen macht dich weich, dachte ich und sagte: »Mir ist es gleichgültig, was geschieht. Man muß immer heiter in die Zukunft schauen.«

»Manchmal bist du mir unheimlich«, sagte sie.

»Sei froh.«

Ich tastete den Saum der Wattejacke ab, spürte das Glasröhrchen und das Notizbuch.

V

Ich ging leise aus dem Haus. Frau Heyn war hinten im Garten. Ich sagte ihr nicht adieu. Es ist gemein, dachte ich, aber weshalb sich mit Abschiedsschmerz beschweren. Das Mädchen hatte es mir damals in Ostpreußen vorgemacht, wie ich mich verhalten mußte. Es hatte keinen Sinn, zurückzuschauen. Geradeausgehen ist der beste Schutz. Es führt sowieso alles zum Tode.

Neben der Gartentür war die Mauer mit Moosflechten belegt; eine dünne grüne Haut. Ich lehnte mich an sie und wartete auf Franka. Sie kam mit glatthäutigen, weichen Wangen und sah mich aus goldbraunen Augen an, ein vager Blick. Ich dachte: Du hast ein Luftballongesicht, hoffentlich platzt dieser Luftballon nicht, du bist überhaupt nicht richtig da. Sie ging, als werde sie vom Wind getrieben. Es war ein graumilchiger, kalter Tag. Ich spürte die Herbstkälte, die nach Eisen roch und mich im Inneren fest machte. Jetzt bändigt daheim in Rußland die Kälte den Kot, dachte ich und sah einen Weg vor mir, auf dem ein Pferd im Schlamm erstickte; es war ein deutsches Pferd gewesen. War es schlimm, daß es mich gefreut hatte, als das Pferd erstickt war? Das Pferd konnte nichts dafür, aber es war ein deutsches Pferd gewesen... Über mir raschelte es im Baum, Wind fegte gelbe Blätter fort, sie streiften mein Gesicht. Sie waren hart, als berühre mich Metall.

Ich ging mit Franka über die Straße. Straßenbahnschienen glänzten wie eine doppelte Schneckenspur. Die Bäckerei erhob sich schwarzbraun, Tarnanstrich hieß man das, alle Häuser hatten dieselbe Farbe. Wir drückten uns an einem Lastwagen vorbei und gingen durch ein Eisentor in einen engen Hof, wo eine Ratte huschte. Ihr seid also auch hier, russische und deutsche Ratten gleichen sich... Eine dicke Frau sah uns durch Brillengläser an, schwarzbraune Löckchen in der Stirn: »Ihr kommt zu zweit? Wer ist die andere?« – »Ich heiße Tamara Lasowskaja und soll Ihnen helfen«, sagte ich. »So?« Sie stutzte, zuckte mit dem Kopf. »Ich weiß von nichts. Ich habe nichts vom Arbeitsamt bekommen. Da muß ich gleich den Möss –«

Herr Möss habe mich herbefohlen, nicht wahr, sie meinen doch den Herrn Ortsgruppenleiter? Ja, der habe mich zu ihr beordert, mit einem schönen Gruß. Wieder bockte sie, sah mich von der Seite an. Sie hatte ein rotes Kinn. »Schon recht«, sagte sie dann.

Wir mußten Mehlsäcke abladen. Ein schweres Geschäft. Wir schleppten Mehlsäcke über eine lange, steile, dumpfige Steintreppe, wo es warm war und stikkig roch. Unten tickte der Gaszähler. Mauern wie in einem Verlies. Die dicke Frau stapfte hinter mir, blickte neben dem Gaszähler schräg zu mir herüber, als lauere sie mir auf. Ich sagte: »Gnädige Frau, ich bitte, vorbeigehen zu dürfen«, worauf sie den Kopf hob und sagte: »Warum kannst du so gut Deutsch?« – »Ich es in der Schule gelernt habe«, sagte ich und bemühte mich, Frankas Tonfall nachzuahmen. Hier mußte ich holperig und gebrochen sprechen. Ich dachte: Wie blöde ist die Dicke, was für ein unsinniger Krampf ist doch dieses Theater, in dem du mitspielen mußt. Die Dicke gab sich einen Ruck, baute sich vor mir auf und griff mir an die Brust. Sie tastete mich ab. Ich dachte: Will die mit mir anbändeln, es würde mich nicht wundern, so etwas Absurdes ... Da murmelte sie, es sei in Ordnung, ich solle weitergehen. Ich schlich hinauf, blieb oben stehen und hörte, wie sie einem schwammigen Kerl, den sie Bamberg nannte, erzählte, die Neue sei ihr wie ein verkleideter Mann vorgekommen, aber die sei echt. Sie habe sich selbst davon überzeugt.

Ich erzählte es Franka, als wir ins Lager gingen. Sie schüttelte sich und lachte, daß alles an ihr hüpfte. Es war dämmerig. Wind sauste, der Himmel saugte Schwärze an, und auf einer Uhr deckten sich die Zeiger. Da klopfte etwas in der Luft, es war weitab, aber es pochte wie eine weiche Faust auf einer Regentonne. Ich dachte: Hinter der Kirche spielen Kinder, aber dann war es wieder schwächer, um von neuem heranzutappen. Leiser zwar, als damals in Ostpreußen, aber der Grundton war derselbe. Nun drängte er von Westen her. Wenn ich ihm hätte entgegengehen wollen, hätte ich nach Westen wandern müssen. Aber ich wollte nicht wandern, ich wollte abwarten. »Hörst du die Buschtrommel?« sagte ich zu Franka. Das Mädchen nickte. Dann sagte sie: »Es wird uns auch nichts nützen.«

Oh, es nützte uns, Franka hatte unrecht. »Du bist zu pessimistisch«, sagte ich. »Das Bodenzittern: Auch wenn sie's noch nicht spüren, aber in ihnen spürt es ein geheimer Zeiger. Er zeigt auf Furcht. Das hilft uns. Warte nur, du merkst es kaum, aber die Dicke in der Bäckerei – nein, die wird nichts spüren.

Die hat Zement im Kopf.«

Ich dachte wieder: Wie bei uns, denn auch in Rußland ist das Spießbürgertum der Zementklotz, der alle Katastrophen übersteht; darauf richten die Großen ihre heroischen Standbilder auf; ein unerschütterliches Fundament. Durfte ich's verachten? Ich verachtete es.

»In die Bäckerei gehe ich nicht mehr mit«, sagte ich zu Franka. »Frauen mit Zement im Kopf sind mir zuwider.« – »Auch Frau Heyn gehört dazu.« – »Das ist ein anderer Zement«, sagte ich, und Franka fragte: »Guter Zement?« – »Ja.« Wir lachten über guten und verachtenswürdigen Zement, und Franka sagte: »Letzthin, wo ist etwas, das uns gefällt? Uns gefällt nichts. Ich glaube, ich nie finden werde einen Mann, der mir sympathisch ist bis zum Dreck unter den Fußnägeln.« – »Ein gutes Zeichen, Franka. Die mit Zement im Kopf, für die gibt's viele, die ihnen sympathisch sind.« – »Oh, wie ich beneide die Zementköpf'«, sagte Franka.

Ein wahres Wort, nur wollte ich nicht wie die zementierten Köpfe leben. Ich beneide sie also? Jawohl, ich beneide sie um ihre Stumpfheit.

Wieder hörte ich die ferne Buschtrommel der Front, es war, als vibriere der Boden, und ich dachte: Vielleicht ist das ein Morsezeichen, das selbst durch Zementblöcke dringt. Wenn es stärker wird, gibt es sogar diesen Zementblöcken zu denken. »Werden sich die Menschen ändern nach dem Krieg?« fragte Franka. »Nein«, sagte ich und dachte: Wir beide ändern uns auch nicht. Es gelingt nicht, uns diesen Zementköpfen anzugleichen. Ich wollte das auch nicht.

Ich wollte bleiben, wie ich war.

Die Kirchenuhr schlug dreimal. Der Wind fegte. Es rasselte von Blättern und Kastanienfrüchten. Ein nässender Nebel schlich herein. Jetzt war ich froh an meiner Wattejacke. Glasröhrchen, du bist da, es kann mir nichts geschehen, dachte ich. Hügel, tintig und bläulich, die rosa Steinbruchflanke tauchte auf, aus deren Ritze vor Wochen Menschen wie Ameisen hervorgekrochen waren; sie hatten dort einen Unterschlupf, einen tief hineingebrochenen Bunker. Wozu schützt ihr euch durch Bunker, es erreicht euch doch, was euch erreichen soll... Ein aufgeweichter Weg. Wir stapften ins Gerippe einer leeren Halle hinein. Dort hatten sie früher Ausstellungen abgehalten, hatten Maschinen gezeigt und Blumengewinde unter den Glasdächern ausgespannt. Ein rotes Transparent, ein Fahnenfetzen, wurde vom Wind gezerrt. In einer Ecke raschelte ein Bild und rollte sich auf. Flach lag das Bild auf dem mit Steinbrocken bedeckten Zementboden: Ein Schwarzhaariger mit schräg in die Stirn hängender Strähne und einer Haarbürste unter der Nase. »Das ist denen ihr Oberkopf«, sagte Franka und deutete dem Mann mit der Schuhspitze ins Gesicht. Sein Gesicht war größer als die ganze Franka, größer auch als ich. Überlebensgroße Photographie. »Ah...« sagte ich, »da schau' ihn an; es ist ihr Stalin...« Dieser hier hatte abwesende Augen und ein bleiches Kellergesicht. Der russische war ein Gefängniswärter mit Schnauzbart und breiten Epauletten auf den Schultern. Der hier sah aus, als wäre er aus Gummi. »Er kann aufgeblasen werden«, sagte Franka.

Rostige Fensterkreuze, Stahlgitter und scharfe Zementbrocken lagen am Boden. Wir gingen weiter. Dahinter dehnte sich geackerter Boden, Kartoffelpflanzen waren ausgerauft worden und lagen faulend da. Sie hatten das Ausstellungsgelände umgepflügt und angepflanzt. Dahinter senkten sich verwilderte Abhänge zu einem Bach hinab. Disteln und Wollgrasstauden, naß, als wären sie mit Schleimflocken besprengt.

Drüben stieg der Hang empor. Die mit Nebel gemischte Luft verwischte ihn. Schleierig war er, ein Hauch, grau und bräunlich, mit weißen Fäden dazwischen. Eine Hütte war drüben errichtet, eine zusammengeflickte Bretterbude mit schwarzem Teerpappedach und kleinen Scheiben, die im Zwielicht spiegelten. Augen eines Zwerges, eines faltigen Gesichts, wie es Stromer haben, die über die Leute hinwegschauen und bei denen man nicht weiß, ob sie ernst dreinschauen oder ob sie lächeln. Vielleicht hatte sich diese Hütte einer gebaut, dessen Haus zerstört war. Plötzlich dachte ich an das Mädchen. Ich sah es vor mir in seiner viel zu weiten Jacke, wie damals auf unserer Flucht in der Kutsche. »Kennst du das Mädchen?« fragte Franka. »Welches Mädchen?« fragte ich erschreckt. – »Das da drüben. Es geht am Hang«, sagte Franka. Ich schüttelte den Kopf: »Unsinn. Ich doch nur kenne dich und Frau Heyn und das Mädchen aus Ljubino Pole in dieser Stadt.« Ich redete hastig und sprach schlechtes Deutsch. Franka sah mich von der Seite an. Wir gingen hinunter und stiegen drüben hinauf. Dort begegneten wir keinem Mädchen, wir begegneten niemand. Also war es Einbildung gewesen, wir hatten uns beide etwas eingebildet.

Ich schwitzte in meiner Wattejacke. Ich war froh, wieder zu schwitzen und Luft im Gesicht zu haben, die nicht eingesperrt war in einem gepflegten Heim. Warum ging ich ins Lager? Bleib hier. Niste dich in der Halle ein, leg dich aufs Bild des deutschen Oberkopfes, sagte ich zu mir. Aber das war nicht klug. Erstens erwischten sie mich dort, und zweitens hätte ich mich gedrückt vor denen, die dasselbe waren wie ich: Weggeschmissene, Herausgeworfene. Zu ihnen gehörte ich. Und unter ihnen war ich sicher. Das Gemeinsame schirmt ab. Also bist du keine Einzelgängerin? Nein.

Die zementierte Kuppel des Wasserwerks wölbte sich am Boden. Hinter ihren Gittern rauschte und strömte es. Großes, gutes Strömen, dachte ich. Und drunten das Lager: Rostig umzäunt, barackenbraun, schäbig, verwahrlost. Drüben das Häuschen mit den Gipswänden: War dort die Schreibstube? Ich deutete darauf! »Da drin wohnt dein Feldwebel? Der mit dem roten Haar?« – »Ach, Tamara, ich dir böse bin! Du nicht mehr sagen sollst: Dein Feldwebel. Ich doch ihn habe nie gewollt.« – »Ja, aber vielleicht muß er *mein* Feldwebel werden?« – »Ach so… Das meinst du also… Du glaubst, das wird nötig sein?« Ich nickte: »Sonst verrät er mich, und ich werde an die Wand gestellt.« Franka berührte meine Hand.

Hinunter ins Lager. Am Tor stand der asthmatische Gnom, der Adolf. Ich drängte mich zwischen andere, als wir uns hineinschlichen. Er hatte einen Bleistift zwischen den Lippen und schaute angestrengt aus seinen Mausdreckaugen. Aber ein guter Kerl, ein guter und komischer Kerl. Familienvater, die Frau war ihm davongelaufen. Die dicke Blonde, die immer lachte, stieß mich an und sagte: »Franka immer schon gesagt hat, die Tamara kommt wieder zurück. Ich bin aus Ljubino Pole, das ist hoch im Norden. Du kennst es?« »Nein«, sagte ich, erinnerte mich aber, diesen Ortsnamen einmal gehört zu haben, nur wußte ich nicht mehr von wem und wo. So rasch verwischt sich das Vergangene.

In die Unterkünfte, in die Baracken. Der Strohsack über Frankas Bett war immer noch frei. Gut. Jetzt hatte ich, was mir zustand. Das Bett in der Dachkammer der Frau Heyn stand mir nicht zu. Hier war mein Stall. Die Blonde aus Ljubino Pole zündete ein Talglicht an. Im Einschlafen hörte ich wieder das Pochen von fernher.

Zählung am nächsten Morgen. Die Mädchen stellten sich auf. Ich wurde in die Mitte genommen, in die mittlere Reihe. Die Blonde aus Ljubino Pole blinzelte mir zu; sie hatte hüben und drüben ein schillerndes Edelweiß an den Ohrläppchen stecken und trug ein dünnes, blaugrünes Sommerkleid, ein Fähnchen, wie man in Deutschland sagte. »Abzählen!« schrie der Feldwebel, grünäugig sah er mir ins Gesicht, und sein Kräuselhaar sträubte sich fuchsschwanzrot unter der Mütze. Adolf ging, den plumpen Finger ausgestreckt, schnaufend an uns vorbei und zählte. Er pflanzte sich vor dem Feldwebel auf und sagte: »Ich bringe eine mehr heraus.« – »Depp«, sagte der Feldwebel, »zähl noch mal!« Da riß mich Franka beiseite, die Blonde aus Ljubino Pole stellte sich vor mich, die andern rückten nach wie beim erstenmal, als ich hiergewesen war. »Halt!« sagte der Feldwebel. Er deutete auf die

Blonde, boxte eine in der ersten Reihe weg, faßte die Blonde an der Schulter an und sah mir ins Gesicht.

Er zwinkerte. Er hatte Sommersprossen. Schinderhannes, so könntest du heißen, dachte ich und sah ihn an. Er knöpfte sich den dritten Uniformknopf auf und zu, auf und zu. Dann ließ er ihn offen. Franka stammelte etwas, er schrie: »Ha?« und »Was!« Ich schaute ihm noch immer in seine Wolfslichter. »Die doch ist versprengt. Sie doch verstehen müssen, Herr Kommandant: Die ist versprengt... Angriff aus der Luft... Plutokratische Flieger aus England... Bomben auf Bahnhof, auf Transport. Transport zerstampft, zerschlagen. Tamara ist gelaufen zu Fuß. Weit draußen muß er sein, der Bahnhof, weitab... Sie will bleiben bei uns. Tamara Lasowskaja heißt sie. Bitte, Sie lassen Tamara Lasowskaja hier! Bitte! Bitte!«

Sie bettelte mit weichen, kleinen Händen, schwarzes Haar hing ihr ins Gesicht. Sie schwitzte. Der Feldwebel machte den Uniformknopf zu und wieder auf, biß sich auf die Lippen, sah mich an. Nun glitzerte es ihm in den Augen.

»Sie geht zur Verwaltung. Marsch! Sie läßt sich aufschreiben. Ich komme nach... Adolf!« schrie er, »laß die anderen hinaus!« Und mit hochgerecktem Kopf, während er rückwärts aus den Reihen trat: »Abrücken zur Arbeit!«

Sie gingen. Ich stand allein zwischen den Baracken. »Los!« sagte der Feldwebel, stieß mich an und deutete auf das weiße Gipsdielenhäuschen neben den Aborten. Ein Schild mit der Aufschrift »Lagerverwaltung« war über der Tür befestigt. Ihr seid Angeber, dachte ich, in Rußland ist es genauso. Ich ging vor dem Feldwebel hinein. Er blieb hinter mir stehen, die Fäuste in die Hüften gestemmt, die Pistole steckte im Gurt. »Schreib die auf. Ein Neuzugang«, sagte der Feldwebel. Adolf kroch, aus der Lunge pfeifend, hinter eine Holzschranke und setzte sich auf einen Stuhl, dem eine Armstütze ausgebrochen war; er rückte ein graues Kissen – seine Hülle war geplatzt – unterm Hintern zurecht. Dann griff er nach dem Federhalter, nahm eine Karteikarte, malte meinen Namen, nachdem ich ihn auf ein Kalenderblatt geschrieben hatte, in großer Schnörkelschrift ab und zeigte mir die Karte. Monumentales Krickelkrakel. »Hier herrscht Ordnung, Disziplin«, sagte Adolf. Einer gluckste und kicherte hinter mir. Ich sah mich um. Da hockte ein Grauhaariger auf einer Bank und setzte ein Kochgeschirr vom Mund ab. »Sauf mal!« sagte er und streckte mir das Kochgeschirr entgegen. Nun zitterte der Boden, Adolfs Augen wurden weit, er klappte den Mund auf – braune Zahnstrünke waren darin – und drehte an einem Radiokasten; es war ein »Volksempfänger«. Piep – piep – piep – piep – machte es darin. »Sofort in den Bunker!« kommandierte der Feldwebel. »Warum?« fragte ich. »Sie müssen mir eine Arbeit zuweisen. Aber zuvor noch einen Schluck.« Ich trank aus dem Kochgeschirr, es war ein übler, scharfer Fusel. Der Grauhaarige, dem das Kochgeschirr gehörte, hatte sich bereits verflüchtigt. »Der ist verduftet. Ihr seid doch nicht so feig wie der?« sagte ich. »Also geben Sie mir die Adresse, Adolf, wo ich mich muß melden. Ich will für Deutschland arbeiten.« – »Wo stecken wir sie hin?« fragte Adolf pfeifend. Der Feldwebel schaute einmal rechts und dann links durch die Fenster und machte seinen dritten Uniformknopf auf und zu. »Mach schnell. Schick sie halt zu den Straßenbahnen.« – »Ins Straßenbahndepot, beim Gaskessel. Sie finden es. Ich habe keine Zeit. Ich muß...« Er zitterte und wackelte, indes beständig das Piep – Piep aus dem Volksempfänger drang; solch einen Apparat hieß man auch Klumpfuß.

Sie drängten mich hinaus und rannten über den Hof. Keiner kümmerte sich um mich. Ich war allein. Hinterm rostigen Gitter leuchteten Steinbruchflanken. Es war ein Herbsttag, geklärt, durchtränkt mit Bläue, die Bäume ringsum mit Goldgeriesel durchwirkt. Rote Blätterketten hingen über Sandsteinfelsen. Warmer, später, süßluftiger Oktober, von schläfrigen Wespen durchflogen. Stille, Bäumerauschen, ein Rascheln im Unkraut, wo sich eine Ratte duckte, den Kopf hob und schnuppernd grinste, als sagte sie zu mir: Jetzt haben wir beide freie Weide... Herrje, Freiheit... dachte ich.

Zum Straßenbahndepot, drunten beim Gaskessel. Der Gaskessel lag in den Flußauen. Jawohl, ich gehe hin, ihr könnt euch auf mich verlassen; es interessiert mich, wie die Deutschen ihre Straßenbahndepots in Ordnung halten. Neue Menschen werde ich kennenlernen. Keiner soll sagen, der Krieg ist langweilig. In der Höhe jetzt Summen und Brausen. Metallisches Gedröhn. Ich warf die Hand empor und winkte. Jawohl, sie waren oben: Blanke Insektenpunkte in scharfer Bläue. Sie flogen hoch. Es galt nicht dieser Stadt. Ein paar Bomben-Lifts konnten sie natürlich trotzdem herunterlassen.

Ich ging in die ausgestorbene Stadt hinunter. So gefällt sie mir am besten, so sollte sie immer sein, dachte ich. Selten, daß sich eine Gestalt an einer Ecke, einer Mauer herumdrückte. Das waren Luftschutzwarte. Die Menschensiedlung duckt sich, dachte ich. Waren die Häuser niedriger geworden, steinerne Tiere, die das Genick einzogen, sich flach legten? Die Helligkeit, der klare Tag, erhellte schwarze Straßen und graue Trottoirs. Eine Wolke Spatzen wirbelte vorbei. Helligkeit, Oktoberlicht. Eine hohe Mauer war neben meinem linken Arm. Gelbrote Blätter drehten sich aufs Trottoir herab, Kastanienfrüchte rasselten, schlugen auf und platzten. Hier im Schatten war Feuchte zu spüren. Die Mauer war feucht. Der lederige Blätterbelag auf den Zementfliesen des Trottoirs war feucht. Ein nasses Tierfell? Es roch nach einem erwärmten Fell. Ich ging langsam. Durch ein Gitter, dessen Torflügel umgelegt war, sah ich in einen unkrautüberwucherten Judenfriedhof hinein. Dort hatten jetzt die Vögel ihre Freude. Eine Brücke führte über einen Bahndurchstich, der zugeschüttet war mit Schutt. Auch dort erhob die Wildnis ihr grünes Haar, und ich fragte mich, wann wohl das Gras die Pflastersteine auseinanderdrängen und die Asphaltdecken aufbrechen werde. Aber das dauerte noch lang.

In einem Durchlaß unter Eisenbahnbrücken standen Lastwagen und steckten blecherne Köpfe zusammen. Nun rauschte es weitab. Berstendes Glasgeräusch, Splittern, sanftes Beben. Hinter dem Durchlaß hoben vor einer Parkstraße steinerne Rösser ihre Hufe. Dahinter ein langes Platanengewölbe mit gefleckten Baumstamm-Mauern. Eine Apotheke hatte ein verschnörkeltes Schild. Und dann über einer in rote Steinschluchten hinabsinkenden Straße: Der Gaskessel, dunkelblau, gebläht, mit Eisenrippen.

Straßenbahndepot, Schuppen für Straßenbahnen. Zwischen Geleisen war der Boden ölfettig. In einem Schacht zwischen den Geleisen brannte Licht. In einer Ecke stand ein Wagen; die Birnen brannten. Wie in einer gläsernen Stube hockten Mädchen. »Tamara, du bist hergekommen? Es sollen doch Bomben fallen. Dann arbeiten auch wir nicht!« Die Blonde aus Ljubino Pole kam auf mich zu: Blaugrünes Sommerkleid, Messinghaar im Dämmerlicht der Wagenhalle. Sie rief in die Höhe: »Herunterkommen, bitte! Wir kriegen Zuwachs!« Auf dem Dach hockte ein großäugiges Mädchen mit bleichem Gesicht in einem Trainingsanzug und stützte das Kinn in die Hand. Eine Hagere in weiten Malerhosen kam aus dem Wagen. Mit rauher Stimme rief sie: »Greco, ich leiste dir Gesellschaft.« Sie kletterte hinauf und machte einen Handstand auf dem Wagendach.

Mit der Blonden aus Ljubino Pole ging ich in den Wagen. Dort war es warm, als sei geheizt. Ich saß neben einem Weib mit grauen Haarzotteln, das kalte Kartoffeln aus einer Handtasche aß. Mir gegenüber saßen Zwillinge, rotbackige und blonde Mädchen, die Zöpfe trugen; sie saßen steif und gerade da. Eine andere war schwanger. Alle sahen mich an und lächelten. Sie hatten etwas gemeinsam, obwohl nur die Zwillinge sich glichen, aber es ging von allen etwas Gleiches aus. Gleiches Schicksal? dachte ich. Für diese Kriegszeit vielleicht, aber im Privaten nicht. Im Privaten lebte jede anders. Ähnliche Herkunft? »Im richtigen Leben arbeitet ihr nicht hier?« fragte ich. Sie lächelten und schauten mich an. Das bleiche Mädchen in Trainingshosen und die Hagere mit der rauhen Männerstimme kamen herein. Die Bleiche setzte sich mir gegenüber. Sie hat das Gemeinsame am stärksten, bei ihr tritt es stärker hervor als bei den andern, dachte ich. Es war auch im Äußeren sichtbar, aber das Äußere war nur eine dünne Schicht. Dahinter lag das Gemeinsame. Das bleiche Mädchen hatte große Augen, graugrün und schwarz, und dichte, zusammengewachsene Brauen. Über der Nasenwurzel berührten sich die Brauen, und dort – an der Nasenwurzel und in den Augen, vielleicht auch an den Wimpern – hatte sich das Gemeinsame eingenistet und verdichtet. Ein dunkler Schleier, dachte ich. Vielleicht Demut?

»Ist hier kein Aufseher?« fragte ich.

»Das macht der Wetzel«, sagte das Mädchen in den Trainingshosen. »Er taucht auf, wenn die Gefahr vorbei ist. Verständlich. Oder nicht?«

»Ja«, sagte ich. »Bei Aufsehern verständlich.«

»Hoffentlich verachten Sie unseren Herrn Aufseher nicht? Deutschland ist voll von Aufsehern.«

»Rußland auch«, sagte ich. »Und viele glauben, sie könnten dem Tod kommandieren. Ich meine es so: Sie könnten sagen zum Tod: Geh jetzt zu dem, nimm den dort drüben mit. An sich selbst denkt keiner.«

»Aufopferungsvolle Menschen, heißt man das.«

»Gewiß. Opfermut wird auch in Rußland großgeschrieben. Der Opfermut dessen, der einen anderen dem Tode übergibt. Oder zu übergeben glaubt.«

»Es dürfte sicher sein«, sagte das Mädchen, »daß auch unterm Boden niemand sicher ist.«

Sie lächelte.

»Schau her, Greco«, sagte die Hagere zu ihr, legte sich im Wagen auf den Boden und machte eine ›Brücke‹. »Ja, du bist gelenkig wie ein Affe«, sagte das bleiche Mädchen. Die Gelenkige hatte graue Haare und ein faltenzerrissenes Gesicht; die Nase saß ihr schief. Sie sagte: »Wäre ich nicht zu alt, ich ginge noch heut zum Zirkus.« – »Auch in den Zirkus kommt die geheime Polizei«, sagte das bleiche Mädchen, »also bist du bei der Trambahn am richtigen Platz.« Sie lachten alle.

Ich dachte: Tungusenfrauen, wie man sie bei uns sieht, haben dieselben Gesichter: Wie Wasser, das zerspritzt, wenn ein Stein hineinfällt. Diese hier war lustig, aber krampfhaft lustig.

Nun kam ein Arbeiter herein und sagte: »Mädchen, der Wetzel kommt. Es ist Entwarnung. Gebt mir die Sicherung.« Alle standen auf. Eine von den Zwillingen schraubte unterm Wagendach eine Sicherung heraus und gab sie dem Arbeiter. Die Sicherung machte den Wagen warm, es war die Sicherung für die Heizung. »Ich muß mich bei dem Wetzel melden?« fragte ich das bleiche Mädchen. »Wahrscheinlich. Es ist anzunehmen.«

Ich verließ den Wagen. Ein kleiner Mann mit faltigem Gesicht ging durch die Halle; eine Pfeife hing ihm aus dem Mund. »Das ist er«, sagte hinter mir die Blonde aus Ljubino Pole. Jetzt fegte im Wagen die Hagere mit dem Tungusengesicht den Boden, das bleiche Mädchen schrubbte das Dach, und die anderen fummelten die gelb lackierten Wagenflanken blank. Nur das alte Weib mit den zottigen Haarfransen saß noch drinnen, kaute und stopfte Kartoffeln in ihre Handtasche.

»Herr Kommissar Wetzel?« fragte ich und stand vor dem stumpigen Mann stramm. »Herr Kommissar, ich mir erlaube gehorsamst, mich zum Dienst zu melden. Mein Name lautet: Tamara Lasowskaja. Ich bin zubeordert Ihnen von der Kommandantur des Lagers Kikkelsberg.« Ich sprach holperiges Deutsch, weil ich wußte: So wollen es die Deutschen.

Wetzel nahm die Pfeife aus dem Mund; er hatte sie zwischen seine Zahnstrünke gehängt. Er staunte. Er knarrte: »Gehen Sie an Ihre Arbeit. Hier herrscht Ordnung, Disziplin!« Im Knopfloch seines schäbigen Rocks hatte er eine rote Ordensrosette stecken, den Blutorden.

Das bleiche Mädchen rieb neben mir die gelbe Wagenflanke: »Hier können wir eines Tages abgeholt werden, Fräulein Tamara. Es wäre nicht verwunderlich. Passen Sie auf, daß Sie nicht mit uns eingeladen werden. Es wird keine Spazierfahrt sein.«

»Das ist anzunehmen. Wohin geht die Reise?«

»Vielleicht nach Oswiecim in Polen, vielleicht nach Riga. Zwei meiner Tanten besuchten Riga auf Staatskosten und kehrten nicht zurück. Es kann auch sein, wir fahren nach Mauthausen. Oder Buchenwald. Günstiger wäre Theresienstadt... Haben Sie von den Orten gehört?«

»Gewiß. Sie sind auch in Rußland bekannt. Allerdings: Gesehen hat sie niemand. Weil von dort niemand zurückkehrt. Wie Ihre Tanten.«

»Ja, das sind die deutschen Liebesstätten...« Sie lächelte. »Aber für uns«, sie machte eine Pause und rieb rasch das gelb lackierte Blech, »für uns kann die Reise auch schon draußen hinterm Zaun zu Ende sein. Ihre Freundin aus Ljubino Pole weiß davon. Sie ist aber so dumm und sagt: Wenn sie euch einsteigen heißen in die schweren Automobile, gehe ich mit. Töricht, wie?«

»Nein. Klug.«

»Warum?«

»Wir sind gleich. Wozu also sich absondern?« sagte ich.

»Sie beweisen ein übermäßig konsequentes Solidaritätsgefühl. Das kann ich nicht gutheißen.«

»Was haben Sie früher gemacht?« fragte ich.

»Weder eine aufbauwichtige noch eine kriegswichtige Arbeit geleistet.«

»Ja: Kriegswichtig, aufbauwichtig... so heißt das auch bei uns«, sagte ich.

»Sie müssen wissen: Unsere Herkunft, die Herkunft der deutschen Mädchen, die Sie hier sehen, das ist eine in Deutschland mit einem Makel behaftete Herkunft. Sie haben diesen Makel nicht. Freilich, wir sind auf diesen Makel stolz, aber das ist von untergeordneter Bedeutung. Es tut nichts zur Sache.«

»Was ist von übergeordneter Bedeutung?« fragte ich. Sie schaute an die Decke, als sähe sie dort etwas, und schwieg. Ich sagte:

»Ich bin immer neugierig, wie ich mich verhalten werde in einer neuen Situation. Ich sehe mir gern selber zu.«

»Früher hat...«, sagte das Mädchen langsam und sah mich genau an, »früher hat dasselbe schon einmal ein anderer zu mir gesagt. Oder haben Sie es irgendwo gelesen?« – »Nein«, sagte ich, denn ich wollte nicht sagen: Ich habe es gehört von Abel Heyn. Immer noch sah mich das bleiche Mädchen an. Dann putzte sie weiter. Nach einer Weile sagte sie:

»Die Frau, die im Wagen Kartoffeln gegessen hat, die gehört auch nicht zu uns. Sie wird nicht in die Lastwagen eingeladen werden, genau wie Sie. Sie ist hier angestellt.«

»Ich verstehe. Und wie haben Sie Ihre richtige Arbeit verloren?«

»Oh, Sie sagen: richtige Arbeit... Das ist sehr freundlich. Ich war in einem Antiquitätengeschäft angestellt, weil ich nicht mehr studieren durfte. Und dann wurde ich aufgefordert, vor einen Beamten unserer geheimen Polizei zu treten. Er saß auf einem Podest hinter einer Schranke aus Holz und fragte: Welche Arbeit haben Sie bis heute ausgeübt? Ich teilte es ihm mit. Darauf sagte er und sah über mich hinweg: Sie werden eine andere Arbeit zugeteilt bekommen. Ich durfte wählen zwischen Straßenkehren und Straßenbahnen waschen. Ich dachte: Waschen ist abwechslungsreicher, bei den Trambahnen hast du winters ein Dach überm Kopf, und dein Kopf ruht aus; allerdings, beim Straßenkehren ruht der Kopf auch aus, und du bist allein. Hier bin ich nicht allein... Daß mir trotzdem die Lastwagenfahrt bevorsteht, dies dachte ich auch. Es gibt wenig Möglichkeiten, sich ihr zu entziehen. Allerdings: Eine Möglichkeit gibt es auch hier.«

Ich dachte: Auch sie hat ein Glasröhrchen, betastete den Saum meiner Wattejacke und fragte: »Machen Sie mich mit dieser Möglichkeit bekannt?« Wir redeten sehr höflich miteinander, wie das unter ›gebildeten Leuten‹ üblich ist; insgeheim mußte ich darüber lächeln, ließ mir aber nichts anmerken.

»Gewiß. Nur darf der Wetzel nicht zuschauen.«

Sie sah sich um und fragte eine der Zwillinge: »Rosenbäumchen, wo ist der Wetzel?« Von Mund zu Mund ging es herum: »Wo ist der Wetzel?« Die Worte erreichten auch die Alte, die sich gerade umzog. Sie zog ihren Rock aus, er war mit einer Sicherheitsnadel zusammengeflickt; darunter trug sie lange graue Kommißunterhosen und hatte schwarze Knie. Sie hieß Frau Vogel. Frau Vogel rief zurück: »Beim Vespern«, und wir gingen aus der Halle hinaus.

»Hoffentlich stimmt's, daß der Wetzel beim Vespern ist«, sagte das bleiche Mädchen.

Vor der Wagenhalle dehnte sich ein weites Gebiet: Schuppen hinter Schuppen. Zackig wuchs ein Bretterzaun empor, fugenlos, daß niemand hinaus- und hereinsehen konnte. Schuppen- und Barackendächer schnitten in den Himmel, doch waren sie flach, niedrig, meistens einstöckig, ineinandergeschobene Schatten unterm weißlichen Himmel, verschachtelte Kulissen, niedrige Mauern, spitz und starr aufragende Gerüste und Maschinen. Lastwagen warteten. Waren die Lastwagen hier, die Lastwagen des Transportes, die den Transport zu vollziehen hatten, den Transport der Frauen aus dem Straßenbahndepot? So etwas wurde lautlos arrangiert. Ich wußte es von uns, von Rußland. Russen und Deutsche verhalten sich lautlos, wenn es gilt, Grausamkeiten zu verüben; und sie sind ein lautes Volk, wenn es gilt, andere zu verleumden oder mit der eigenen Kraft zu prahlen. Prahlerisch und lautlos, schleichend und trampelnd, trommelnd: So waren beide und glichen sich; sie waren einander verwandt. Der Stacheldraht über dem Bretterzaun zeigte sein rostiges und zackiges Geflecht.

»Hier«, sagte das bleiche Mädchen und deutete auf Wasser, das sich in einer Steinmulde wälzte und in einer zementierten Röhre verschwand. Ein Abwasserkanal. Ich sah das Wasser an. Es schäumte, es strudelte braun. Da sagte jemand hinter mir: »Fräulein Tamara.« Ich drehte mich rasch um und wurde von weißblauem Licht geblendet. Ich sah in den Himmel. »Haben Sie etwas gehört?« fragte das bleiche Mädchen. »Ich habe mich getäuscht«, sagte ich. Wieder schaute ich in den Abwasserkanal und fragte: »Sie wollen hier durchschwimmen? Vielleicht gelingt's.« – »Alles ist banal. In den Kriminalschmökern steht's, in den Filmen wird's gezeigt, daß der Verfolgte durchschwimmt durch einen Kanal unter dem Boden.« – »Sie wünschen sich eine edle Rettungsmöglichkeit?« fragte ich. »Der Arm Gottes greift nicht aus dem Himmel herab.« – »Glauben Sie an ein höheres Leben?« fragte das Mädchen. – »Ja«, sagte ich. – »Dann wird es Ihnen auch zuteil.« – »Also: Wer nicht glaubt, für den ist nachher wirklich alles aus: Schmerz und Freude? Der ist weniger als ein Stein, weniger als Erde? Für die andern aber setzt sich alles fort? Wer ist besser dran?« fragte ich. – »Wer nichts glaubt«, sagte sie.

Die Hagere kam in ihren weit schlappenden Hosen zu uns. Sie lachte. Ihr Gesicht verwandelte sich in einen rissigen Holzblock. Ich fragte, ob sie Malerin sei. Barsch gab sie zurück: »Ja. Davon kann ich nicht leben.« Sie erzählte, wie es gewesen war, als sie hierhergekommen waren. Da hatte der Wetzel gestaunt. Er hatte wohl gedacht, jetzt kämen so etwas wie Halbaffen. Und dann kamen solche wie die Zwillinge, die Rosenbaum hießen und die Rosenbäumchen genannt wurden. Eine trat zu uns, eine Große, Dicke, Schwarzhaarige. Die sagte: »Mir san Halbjuden! Mir wern olle vergaast!« Sie hatte große Augen und einen weit offenen Mund, als sie ›vergaast‹ sagte. Dieses Mädchen nannten sie Kassandra.

Lager, Trambahndepot, Lager: Ein Leben, reich an Abwechslung. Dunkler November, harter Dezember, finsterer und schneekörniger Januar. Schnee kam. Grüß Gott, Schnee, dachte ich, wenn er beißend durchs Lager fegte.

Abends rauchten die Blechkamine der Lageröfen. Im hartkörnigen Schneerieseln roch es nach Birkenholzrauch. Ein süßer Geruch, ein heimischer Geruch. Viel Birkenholz wird in Rußland verbrannt, und dann beizt der Rauch die Luft mit Süßigkeit. Die Blonde aus Ljubino Pole schnupperte und sagte: »So riecht für mich die Morgenluft. Wann ist es aus?« Darauf gab es keine Antwort. Das Vibrieren der Erde war stärker geworden, deutlicher, näher zu spüren. »Ich am liebsten legte immerzu das Ohr auf den Erdboden«, sagte Franka. – »Sie sind in Kaiserslautern. Im Depot haben die Arbeiter heute ihre Thermosflaschen aufgeschraubt und gesagt: Gestern ist es im Radio gekommen: Sie sind in Kaiserslautern«, sagte ich. – »Oh«, sagte Franka, »Arbeiter hören auch diesen Hetzsender? Du dich noch erinnerst, Tamara: Hier ist London mit den Abendnachrichten in deutscher Sprache?« Sie klopfte mit ihrer weichen Faust auf einen umgestülpten Eimer. Es klang wie das Pausenzeichen im Radio der Frau Heyn. Wir hockten auf den Pritschen. »Daß die herausrücken mit Holz für uns, das ist ein Wunder«, sagte das Mädchen aus Ljubino Pole. »Kein Wunder«, sagte ich. »Die sorgen vor. Die denken: Vielleicht geht's schief, nachher können wir sagen: Bei uns hat weder eine Russin noch eine Polin gefroren.«

Die Tür klappte, Stiefel trappten, die ersten Takte von ›Lili Marlen‹ wurden gepfiffen. Das hieß: Einer von den Deutschen ist da. Durchsuchten sie die Pritschen, wollten sie uns filzen? Franka schob eine Wurst – sie hatte in einer Metzgerei geschafft – unter ein Bodenbrett und stellte eine Waschschüssel, in der Strümpfe schwammen, darauf. »Heil Hitler!« hörte ich, rauh aber herzlich, wie die Deutschen sagten. Dann schob sich der Feldwebel zwischen unsere Pritschen. Er stützte den Ellenbogen auf meinen Strohsack und nestelte am dritten Uniformknopf. Bist du milde gestimmt? dachte ich. Vielleicht. Er sagte: »Sie beide kommen mit.« Er deutete auf Franka und auf mich. »Aber dalli!« Wir schlüpften in die Schuhe. Ich griff meine Wattejacke und zog sie an. Er ließ uns vorausgehen. Auch im schneelichtigen Hof, wo waschküchendampfender Nebel wogte, ging er hinter uns. Änderte sich das Wetter? Taute es? Nebel schützte nicht gegen Fliegerangriffe, Radar drang durch Nebel, Dunst und Wolken.

»Zur Verwaltung.«

Wir stolperten in die Schreibstube hinein. »Na, was meint ihr dazu?« fragte er und hängte sein Koppel mit der Pistole an die Tür. Ich sah ihn an. Er lächelte verlogen, er lächelte falsch. Warum können solche Schinderhannesgesellen immer nur süßlich lächeln, dachte ich. »Oh, gewiß...«, sagte ich, »beinahe schön.« Die hölzerne Schranke, hinter der wir immer hatten stehen müssen, war verschwunden, sie hatten die Tische zusammengerückt und Schreibpapier daraufgelegt. Kochgeschirre und Schnapsflaschen standen auf den Tischen. »Setzt euch doch«, sagte der Feldwebel. Ich wollte mich zum asthmatischen Adolf neben die Tür setzen, aber der Feldwebel sagte: »Hier herauf!« Links und rechts von ihm waren zwei Plätze frei. Die andern streckten die Beine aus, Adolf prostete mir zu. Ich nickte. Wir mußten trinken. Der Schnaps war gut, es war scharfer Steinhäger. Sie redeten, sie sangen »Wir lagen vor Madagaskar«. Der Feldwebel fragte: »Ihr habt es doch immer gut bei mir gehabt?« Aha, daher wehte der Wind. Gut' Wetter machen, hießen das die Deutschen. »Es ist doch alles Scheiße«, sagte ein Grauhaariger und schlürfte lange aus seinem Kochgeschirr. Über der Tür schaute das gedunsene Leichengesicht des Popanz mit der schwarzen Stirnsträhne und dem Bärtchen in das Zimmer. Der Feldwebel rauchte nicht, er nahm auch selten einen Schluck aus seinem Becher; es war ein Aluminiumbecher, der Name des Feldwebels war in den schwarzen Lack gekratzt. Der Feldwebel hieß mit Vornamen Gerold. »Ihr müßt trinken«, hieß es von allen Seiten. Franka trank, lachte und saß schief auf dem Stuhl; ihr Busen hatte sich verschoben. Der Feldwebel zeigte mir ein Papier mit Schreibmaschinenschrift: »Du bist so lieb und unterschreibst es.« Ich las einen seltsamen Text, eine »Bestätigung«, daß kein Insasse des Lagers mißhandelt oder sonstwie genötigt worden sei, daß lediglich die im Zuge der Kriegsentwicklung notwendigen Dienstleistungen im Interesse eines reibungslosen Wirtschaftsablaufes von mir verlangt worden seien. »Unterschreiben, Tamara – Du willst nicht? Oh, schade. Dann wir dich leider übergeben müssen der Gestapo. Du verstehen?« – »Ich euren Bürokram nicht verstehe. Was soll das? Ich doch nicht bin eine Respektsperson. Und warum ihr könnt nicht beiseitelassen euren Papierkrieg, wo doch die stärkste Kraft ist: Liebe!« Sie standen alle vor mir, jeder mit einem Zettel. »Was ist Gestapo?« fragte ich. »Ihr müßt wissen: Eine Russin nichts weiß von Gestapo. Wen sollte eine Russin fürchten? Bei uns es gibt NKWD. Kommt Mann morgens um vier zu dir ans Bett und sagt: Mitkommen, Tamara. Ich gehe mit, ich rieche aus dem Mund nach faulem Schlaf.« Da lachten sie. Der Feldwebel lachte nicht. Er saß da, die Finger im fuchsfarbenen Haar vergraben, die Augen so verändert, daß ich dachte: Ein Rudel Wölfe ist mir lieber. Was war zu tun? Warum denen nichts unterschreiben, die waren doch arme Hunde. »Leid tut ihr mir«, sagte ich und dachte: Du kannst dich leicht aus dieser Schlinge herausziehen. Die waren alle mürb. Franka war weich, ich aber hatte eine scharfe Klinge. Jage sie mit deiner Klinge in die Ecke, dachte ich. Stickige Luft, heiß und schweißdunstig hinter schwarz verklebten Fenstern. Kein Luftzug. Über der Tür klebte der Popanz. Ich stand auf, nahm die Papiere und legte sie vor mich auf den Tisch. Adolf kicherte in seiner Ecke: »Sie will nicht! Ich hab's ja g'wußt!« Ich lachte, Franka schmiegte ihr glattes Gesicht dem Feldwebel an die hagere Wange. Er schob sie weg. Die sind alle wie Brei, wie Schleim, dachte ich. Die sind schlappe Säcke, denen ist der Spiritus ausgelaufen. Ausgemergelte Häute. »Versucht doch nicht so etwas Plumpes, das Papier, wenn ich es unterschreibe, reißt euch nicht heraus. Warum habt ihr denn Angst? Oh, wir tun euch nichts...« Ich lachte. »Wer will euch etwas wollen? Unterschreib ich's, und ihr tragt's bei euch herum und es gibt eine Kontrolle, oder ein Bombensplitter erwischt einen von euch, er ist verwundet, bewußtlos, liegt im Lazarett, sie ziehen ihm die Jacke aus, finden den Fetzen, unterschrieben: Tamara Lasowskaja, denken: Was ist das? und kriegen dicke Augen. Das ist ja ein Fall fürs Kriegsgericht, vom Feind hat sich der bescheinigen lassen – Sauerei! Und dann kommt ihm, kurz vor Torschluß, der Kopf runter. Trotz seiner Verwundung. Der Krieg ist ein hartes Handwerk. Darum hat Tamara Lasowskaja nichts gesehen von euren Papieren, schiebt sie nur flugs in den Ofen, die Franka ist sowieso beduselt und versteht von eurer Hosenscheißerei kein Wort.«

Sie sahen mich an. Gewiß wunderten sie sich, woher ich plötzlich so einwandfrei Deutsch konnte, sogar mit militärischen Kraftausdrücken. Jetzt klappten ihnen die Mäuler auf, nur der Feldwebel konnte auch jetzt ein Wolfslichtblinzeln nicht unterdrücken. »Gut«, sagte er, »wenn Sie nicht wollen – bei uns wird niemand genötigt. Sie müssen die Folgen auf sich nehmen. Die Entscheidung über Ihren Fall wird die Gestapo fällen.« Er schob die Blätter zusammen, nahm sie an sich und legte sie in eine Schublade. Beherrschen kann er sich, obwohl ihm, wie es hier hieß, der

Arsch mit Grundeis ging. Sein Arsch, sie alle hier im Zimmer, schwammen in Angstschweiß. Und Angstschweiß war kalt wie Eis. Trotzdem mußt du vorsichtig sein, sagte ich zu mir. Zumindest der Feldwebel wußte, er habe mir gezeigt, wie wackelig es um ihn bestellt war. Das mußte ich verwischen. Und wie verwischte ich's? Versuche die sanfte Tour, dachte ich, mache in Menschlichkeit, in Anteilnahme, sei warmherzig. »Jawohl, ihr habt mir alle nichts getan, ich unterschreibe euch alles, aber in eurem Interesse müßt ihr vorsichtig sein. Wißt ihr, das Kriegverlieren, das kann noch lange dauern, auch wenn ihr's schon im Westen poltern hört. Die deutschen Soldaten sind zäh. Von heut auf morgen ist da nichts zu machen... Verschieben wir die Unterschreiberei auf später. Es ist besser für euch. Ihr könnt euch drauf verlassen: Das Lager hab ich in der Hand, und wenn ich sage: Kommt, wir unterschreiben alle, der Herr Feldwebel hat uns das Leben gerettet, dann tut jede, was ich will.«

Eine lange Rede, meine längste. Ich schwitzte. »Feiert gut, laßt euch den Schnaps munden. Herr Feldwebel« – ich hielt ihm die Hand hin –, »wir haben uns verstanden.« Der Feldwebel nahm meine Hand. Dann zog ich Franka aus ihrem Stuhl und sagte: »Das Mädchen muß ins Bettchen. Gute Nacht.« – »Du bist über dich hinausgewachsen, Tamara«, flüsterte mir Franka zu. Gutes Kind, sei froh, daß du nichts gemerkt hast, dachte ich.

»Sie sind abkommandiert ins Rathaus«, sagte Wetzel im Trambahndepot zu mir. Am Tag zuvor hatten wir noch die lackierten Blechflanken der Straßenbahnwagen poliert, aber nun war Schluß. Es gab nichts mehr zu polieren. Es fuhr keine Straßenbahn mehr.

Meine braune Wattejacke unterm Kinn dicht zugeknöpft, einen Wollschal um den Hals gebunden und an den Füßen Filzstiefel, die ich dem Feldwebel gestohlen hatte, stapfte ich die lange gerade Hauptallee in die Stadt hinein. Gefällte Pappeln lagen quer, die Trambahndrähte hingen wie zerfetzte Eisennetze von den Masten. Es schwelte noch, es knisterte in den Ruinen, so gefräßig war das Feuer. Daß es immer noch etwas zu fressen fand, wunderte mich. Eisiger Wind stürmte, ein Rasiermesserwind. Wie gut, daß er dir vertraut ist von zu Hause, dachte ich. Hier war es zwischendurch noch warm. Da heizten die Ruinen als mächtige Öfen die Straße und schickten Wüstenwinde her. Jetzt mischten sich in der gemäßigten westlichen Zone alle Klimata zwischen Wänden aus berstendem Stein. Ein Triumphbogen in römischem Stil öffnete drei gewölbte Tore. Ich ging an ihm vorbei. Wer hätte gedacht, daß eines Tages ein Barbarenmädchen wie ich an ihm vorbeischliche, eine Partherin, eine Skythin? Am Ende dieses Krieges brauchten die Deutschen keine Siegesbögen aufzurichten, davon waren sie befreit. Geschwärzt war dieser Siegesbogen hier, an seinen Medaillons triefte es schwarz herab. Darüber schneeträchtiger Winterhimmel. Die Straße war mit Steinbrocken bespickt. Eine schwere Bettlade lag schräg zwischen Straßenbahnschienen, die Fußbretter eingedrückt. Herausgeschleudert aus einem Haus? So mußte es sein. Verstreute Kissen. Mit Tuchfetzen spielte der Wind. Die Straße glich einer Riesenstube, wo wildes Volk kampiert hatte. Ich kletterte über einen Baumstamm. Unverletzt stand ein Brunnen da. Wasser stieß als schwarzer Helmbusch mit weißen Schaumspritzern über eine Marmorschale in die Luft. Ein Lastwagen ratterte langsam vorbei. Ich dachte: Motorschaden, sonst würde der nicht rattern. Ein altes Gefährt. Hohe Räder, eine graue Plache, eine Zeltplane, die der Fahrtwind an einer Ecke flattern ließ. Dort hatte sich die Plache vom Gerüst gelöst, vom Eisengerippe, das hervorsah, wenn der Plachenzipfel flatterte. Und im Halbdunkel der hinten offenen Lastwagenhöhlung saß das Mädchen. Es hockte auf Dekkenbündeln, auf Lumpenpacken, auf alten Kleidern. Ich konnte nicht genau erkennen, worauf sie saß. Sie hockte, hielt sich fest und schaute über mich hinweg. Diesmal war sie es vielleicht. Gleichgültig, ob sie es war oder ob sie es nicht war. Warum fährst du hinein in die rauchige Stadt? dachte ich.

Eine schwarze, steinerne Stube: Das war jetzt die Stadt. Sie hatte sich verwandelt. Sie wird sich noch oft verwandeln, dachte ich. Zum letztenmal geschah überhaupt nichts. Das war eine wohltuende Erkenntnis.

Das Rathaus hatte Türmchen und Balkone, eine rote Fassade im Rauch mit Narben, herausgeschlagenen Steinfetzen und Fensterlöchern; aber oben glänzten noch immer viele Scheiben. Innen war das Rathaus heil. Ich stieg eine Treppe hinauf. Im Zimmer siebzehn im ersten Stock sollte ich mich melden. Dort saß eine mürbe Frau, eine Fünfzigerin, hinter einem Schreibtisch. Sie sagte, während sie auf Papiere schaute: »Sie putzen im zweiten Stock.« Ich ging hinauf. Aus einer Tür kam das bleiche Mädchen heraus, das sie Greco nannten, einen Wasserkübel und einen Schrubber in den Händen. Ein Muskulöser war bei ihr, ein Stiernackiger mit scharfer und spitzer Nase. Er streckte ein Lineal aus und deutete auf den Boden. Unter seinen Schuhen knirschten Glassplitter und Gipsbrocken. »Hier wird von Ihnen geputzt«, sagte er. Er sah mich an. Das war ein mürrischer Kumpan. »Was wollen Sie?« – »Putzen.« – »Mitkommen«, sagte er und klopfte mit dem Lineal an seine weiten Hosen, als schlüge er mit einer Reitpeitsche an Stiefelschäfte. Er riß eine Tür auf: »Hier müssen Sie saubermachen. Fremdarbeiterin oder Halbjude?« fragte er. »Ich bin Russin«, sagte ich. – »Warum nicht hinter Stacheldraht?« – »Befehl von oben, Herr Kanzleirat«, sagte ich. Er schüttelte den Kopf und brummte: »Was für Volk sich jetzt hier herumtreibt...« Er trug einen dikken Mantel mit Pelzkragen wie bei uns die Kommissare.

Ich fragte das bleiche Mädchen: »Entschuldigen Sie, wo gibt es hier Schrubber und Eimer?« – »Sie müssen in den Hof gehen. Im Putzzeug-Haus finden Sie das Gewünschte.« Sie lächelte. »Aber dort ist niemand, weil es nicht geheizt ist.« – »Die Akten sind alle erhalten geblieben?« fragte ich. – »Oh, gewiß. Akten bleiben von Bomben verschont.«

Ich schrubbte und wischte in der Kanzlei. Der Beamte im Mantel stand hinter mir; er ließ mich nicht allein. »Dort liegt noch Schmutz«, sagte er und deutete mit dem Lineal in eine Ecke. In der Stube war nichts zerstört, ein Ofen strahlte Wärme aus. Der Beamte sagte: »Die Heizung geht nicht mehr. Jetzt hat man die Sorge mit den Öfen.« Er hatte eine hohe, weinerliche

Stimme. Hinterm Ofen war Holz gestapelt. Zwei Eimer mit Briketts standen da. Er verlangte einen dritten Eimer voll Briketts. Als ich ihn hinaufgetragen hatte, wollte er noch einen vierten haben. Dann mußte ich ihm Kaffee kochen. Er hatte einen elektrischen Kocher, aber die Elektrizität war tot. Ich machte das Wasser auf dem Ofen heiß. Er überbrühte den Kaffee in einer bauchigen Kanne aus Porzellan und holte drei Kuchenstücke aus seinem Schreibtisch. »Wenn dieses Pack wieder draußen ist... Was man alles mitmachen muß... Ein Russenweib... Passen Sie auf, daß Sie nicht vergiftet werden. Lassen Sie nicht Ihre Akten unbewacht. Solche Halbjuden, Russenweiber sind zu allem fähig«, hörte ich ihn im Gang zu jemand sagen.

Das bleiche Mädchen lächelte und blinzelte mir zu: »Die Sorgen der Menschen sind vielfältig.«

Mittagspause. Das bleiche Mädchen sagte: »Darf ich Sie zum Essen einladen? Ich führe Sie in ein feines Lokal. Dort treffen wir standesgemäße Leute.«

Das Lokal lag im Erdgeschoß, einem Gewölbe. Die Fenster waren mit Brettern zugenagelt. Eine Kerze brannte. Die schwere, schwarzhaarige Kassandra saß schon da. Dann kamen noch die Rosenbäumchen und die Tungusenfrau. Wir aßen alle »Stammgericht« und eine Suppe, die nach Erdöl schmeckte. Daß die Deutschen noch so viel Petroleum hatten, um damit sogar die Suppen zu würzen, wunderte mich. Ein reiches Land. Es war richtig, was ich zu unserem Feldwebel gesagt hatte: Deutschland war nicht im Handumdrehen zu besiegen.

Es gefiel mir im Gewölbe. Hier saßen wir beisammen, wir, die nirgends hingehörten. Ich hörte Russisch, Französisch, Polnisch, Deutsch. Ein Wurstkessel, hießen das die Deutschen. Es war warm, obgleich kein Ofen brannte. Die Kerze malte unsere Schatten an die Wand. Hier waren schon viele Schatten über die Wände geglitten. Was von einem Schatten an der Wand zurückblieb, war die Spur der Erdentage von Millionen. Auch ich gehörte zu diesen Millionen. Menschen sind billig, dachte ich. Russen rückten zu uns an den Tisch. Ein breites Gesicht mit festen Bakken, schweißglänzender Haut und fettigem Haar sagte: »Ich bin aus Tula.« Er hatte in Tula Filzstiefel gewalkt. Wurstkessel. Wurstkessel. »Und was ihr sein? Wozu ihr gehören?« – »Mir san Halbjuden. Mir wern olle vergaast.« Kassandra hatte das Wort ergriffen.

Dann wieder zurück ins Rathaus. Ich fegte im Korridor. Das bleiche Mädchen wischte jetzt in den Büros, weil ich zu ihr gesagt hatte: »Da drin ist's warm.« Im Korridor wurde mein Lappen starr vom Eis. Ich war Eis gewohnt, das bleiche Mädchen nicht. Sie sollte sich aufwärmen. Ich schrubbte, der muskulöse Kanzlist kam aus seinem Zimmer. Er suchte seine Nagelfeile und glaubte, das Russenpack, die Judenbande habe sie gestohlen. Ich hörte an- und abschwellende Töne, es klang weitab. Ein Unfallauto, dachte ich. Da war auch schon das Krachen da, das Schüttern. Der Korridor wurde dunkel. Staub und Dreck, Steinbrocken. Ein Angriff im Zwielicht. Fliegerangriff. Amerikanische, englische Flieger? Amerikanisches, englisches Krachen? Es war dasselbe. Mit dem bleichen Mädchen hockte ich in einer Ecke. Die Kanzlisten stolperten und fuchtelten. Wir blieben hier.

Später ging ich durch eine verwüstete Villenstraße neben einem Park. Alle Villen waren zerstampft. Drüben mußte der Zoo liegen. Ich dachte: Ob die Tiere den Angriff überstanden haben? Da kam ein großer, rosafarbener Vogel über die Wiese gestelzt und stieg den Abhang zur Villenstraße herauf. Ich ging ihm in der wesenlosen Luft entgegen. Jetzt stand er in der Straßenmitte: Ein Flamingo. Er senkte den Kopf, als bücke er sich. Auf dem Asphalt lag etwas. Als ich nahe war, lag ein nacktes Mädchen auf der Straße; sie war schön, sie schien unverletzt. Der Flamingo stieg über ihren Leib hinweg. Wind bewegte den weißen Flaum an seinem Kopf.

Es wurde wärmer, es schillerte der Vorfrühling. Gelbpappige Kastanienknospen schwankten über Ruinen. Dann Kälte, Regenwetter. Die Lagerbaracken waren abends überheizt. Sie stopften so viel Birkenholz in die dünnen Öfen, daß sie glühten. Es wurde geschrien und gelacht, gekreischt. Sie hatten Schnaps erwischt, ein Schinken lag auf dem Tisch, jede säbelte sich davon ab, und kleine Weinflaschen, mit Siegellack verkorkt, ein Kronenwappen in den Siegellack gepreßt, staffelten sich auf dem Tisch oder lagen auf den Strohsäcken. Teurer Wein. Der Feldwebel trug keine Pistole mehr. Er kam zu uns, ging zwischen uns hindurch und lächelte süßlich, anders konnte er nicht lächeln. Niemand redete mit ihm; sie drückten ihn beiseite, wenn er ihnen im Weg stand, und schwatzten, schwatzten. Jetzt klang die Buschtrommel hinter den Wäldern oft so stark, daß alle Scheiben klirrten.

Eines Morgens schwieg auch die Buschtrommel. Im

Lager war es still. Die deutsche Sprache war verstummt. Franka kam aus der Schreibstube und schwenkte das Bild des Popanz mit der schwarzen Stirnsträhne. Der Wind riß es ihr aus der Hand und wehte es an den Stacheldraht. Dort blieb es hängen. Wir sprachen über unsere Wächter, die verschwunden waren. »Die sind nicht schlimm gewesen. Wir können zufrieden sein. Du hättest das Papier damals ruhig unterschreiben können, Tamara«, sagten sie jetzt.

Ich ging in die Stadt. Ich wollte sehen, was geschah. Wieder war es kalt und grau und rauchig. Ich kam in die Allee, an deren Ende der Triumphbogen stand; er erschien verwischt. Die Pappeln waren große Besen, die den Nebel kehrten. Keine gefällte Pappel lag mehr auf der Straße. Die Straße wurde beherrscht von einer Schlange langsam fahrender Automobile. Auf den Gehsteigen sammelten sich Leute, als gäbe es etwas zu sehen. Oh, gewiß, so viele Wagen, schwere, teure Wagen, waren hier schon lange nicht mehr aufgetaucht. Eine leise Prozession von Wagen zwischen schweigenden Menschen. Die Menschen sahen grau und müde aus, sie waren demütig und ruhig, sie schauten nur und flüsterten und staunten. Alle Wagen waren hochbepackt; unter Planen, Zelttüchern, bauschte sich Gepäck. In einem schwarzen Wagen – man sah viele schwarze Wagen – saß ein Mann mit grauem Bart neben dem Fahrer, geduckt, die dunklen Augen eingesunken, er sah geradeaus. Hinter ihm ragte über Kisten eine Staffelei heraus. »Der Streicher«, flüsterte es neben mir, »der Streicher.« Es folgte ein Militärlastwagen. Dann sah ich einen Mann, dessen Kinn ragte vor. Er hatte eine Schildmütze tief in die Stirn gesetzt und trug den grünen Waffenrock mit schwarzem Kragen der SS. Alle diese Männer hockten tief in ihren Ledersitzen. Einer von ihnen, ein Junger, der sonnengebräunt war, hob den Arm, als werde er ihm hochgerissen, wandte sich den Leuten zu und grinste. Das Grinsen zerrte ihm das Gesicht auseinander. Hinter mir sagte jemand: »Ihre Siegesfahrt.« Der Ruf: »Heil Hittlärr!« peitschte. »Haben Sie's gehört? Das war ein Ausländer«, sagte eine bucklige Frau neben mir und hob ihren Zeigefinger. Wieder schnitt dieses »Heil Hittlärr!« herein. Dann lachte jemand, als schlüge Eisen in eine Rumpelkammer voll Geschirr. Wie mich dieses Gelächter freute! »Dort kommt der Ley!« hieß es. Es streckten sich faltige Hälse.

Ich wußte nicht, wer der Ley war. Auf Rücksitzen stauten sich Koffer. Dicht vor mir eine Limousine. Einen Augenblick. Hinter der Scheibe saß ein Kahlköpfiger mit einem Zwicker, bleich und fett. Er hatte schwere Backen. Mir fiel Molotow ein. Zu Hause nannten sie ihn den Mann mit dem steinernen Gesäß. Dieser glich dem Molotow. Galt Molotow soviel wie einer von diesen Männern, die hier defilierten, galt er für geringer, galt er für mehr? Alle glichen einander. Siegesfeiern, Niederlagen, Kreuze, Siegessterne weiß und rot, Gesichter ausgewechselt und die Uniformen ausgetauscht: Es bleibt dasselbe. Gummireifen rauschten auf dem Pflaster. Auspuffrohre hauchten blaues Gas in kalte Luft. Regen näßte. Genug.

Ich ging fort, ging am Hang hinauf. Hier war ich vor einem halben Jahr gegangen. Der Engel fiel mir ein, das Mädchen, das mich in diese Stadt geleitet hatte. Wo lag es jetzt? Blasen und Löcher hatte der Asphalt.

Hinter zerrissenen Drahtzäunen staffelten sich zerstampfte Weinberge. Eine Frau bog in die Weinberge ein. Sie war klein, sie schaute auf den Boden. Sie stützte sich auf einen Stock. Graues Haar hing ihr in die Stirne, an der Wange hatte sie eine verkrustete Wunde. Sie sah mich nicht. Sie stützte sich auf ihren Stock und stapfte weiter. Es war Frau Heyn.

Arm in Arm mit Franka Lander ging ich in die Stadt. Wir bummelten und warteten. Die Stadt erschien uns leer, sie hatte sich entleert. Oder warteten die Leute, in ihre Wohnungen geduckt? Was die Tiere – besonders die Ratten – über die Menschen dachten, das hätte ich jetzt gern gewußt. Zugvögel kamen zurück, es war die Zeit der Reiher. Die Schwalben hatten sich schon eingestellt, sie sausten schreiend, als dunkle Sichelflügler über den Ruinen. Für euch gibt es gute Nistplätze, dachte ich. Da und dort rüttelten Falken. Jetzt war das Geschütztrommeln nah. Es blitzte vor uns, knallte böse, das Trottoir hatte einen schwarzen Flecken. »Bist du verwundet, Franka?« – »Nein... Siehst du, deshalb sind die Läden zugemacht, deshalb uns niemand mehr begegnet.«

»Wie immer hast du recht, Franka.« Ich legte ihr den Arm um die Schultern. Die Luft war frühlingsfrisch, das Himmelsblau verschleiert. Die Bäume hatten grüne Schnüre. »Tamara, es ist bald vorbei. Jetzt zu Ende geht der Krieg. Ich werde Tamara verlieren. Oh, gewiß. Nicht widersprechen, Tamara. Ich schon habe viel übergelebt, deshalb ich weiß, was kommt.« Sie sagte dies auf Deutsch. »Meine Haut ist geritzt«, sagte Franka, diesmal auf Russisch. »Du blutest aber nirgends«, sagte ich, und sie antwortete: »Ach, ich meine es doch symbolisch.«

Ich dachte, wie viele Leute der Krieg zu mir geschwemmt hatte und wie rasch sie versunken waren. Der Fluß zog weiter.

Wir standen vor einem Schulhaus. In offenen Fenstern lagen junge Männer in englischen Uniformen. Auf ihren Khakiröcken glänzten Auszeichnungen. Sie waren frisch rasiert. Sie lachten uns zu und deuteten nach Westen. Dort knallte und dröhnte es. »Sphärenklänge sind das für die. Und für uns?« fragte Franka. Ich zuckte mit der Schulter. »So rasch verlier' ich das Interesse«, sagte Franka. »Was wir sollen machen, wenn aus ist der Krieg?« Sie sprach noch immer Deutsch. »Ich nichts habe gelernt. Du kannst Medizin. Tamara wird nach Rußland fahren und dort fertig machen ihr Studium.« – »So«, sagte ich. Ich erinnerte mich, dies früher einmal gewünscht zu haben. Aber jetzt?

Vor uns ging ein Mann mit einem runden Helm in weiten grünen Hosen. Er hatte eine Maschinenpistole umgehängt. Drüben auf dem Trottoir gingen zwei und schauten an den Häusern hinauf; sie hielten ihre Maschinenpistolen vorgestreckt. Der vor uns ging, blieb stehen, nahm seinen Helm ab, wischte sich mit einem Taschentuch über das kurze Haar und zündete sich eine Zigarette an; der süße und schwere Duft seiner Zigarette wehte her. Lautlos ging er weiter. »Die haben Gummisohlen«, sagte Franka. Aus einem Fenster flogen Blumen. Woher kamen die Blumen? In keiner deutschen Gärtnerei hatte ich Blumen gesehen, weil sie Kartoffeln und Gemüse brauchten. Mädchen warfen Blumen. Im ersten Stock eines Mietshauses war ein Fenster offen. Von dorther flogen Blumen. Ich schaute am Haus hinauf, auch Franka schaute flüchtig hinauf. Oben war das dunkle, offene Fenster. Ein Mädchengesicht erschien und verschwand. Eine Tür wurde geschlagen. Innen trappelten Schuhe über eine Treppe. Ich schaute auf die Tür. Die Tür wurde aufgemacht, zurückgeschlagen. Ein Mädchen stand im dunklen Flur. Es lächelte, es sah mich an. »Ach, Verzeihung...«, sagte es dann. »Ich habe Sie verwechselt.« Das Mädchen schaute auf den Boden. Es stand vor dem Dunkel im Flur und hielt eine große Margerite in der Hand; die Margerite hatte weißstrahlige Blätter. Das Mädchen trat wieder zurück, ließ die Tür zufallen. »Die hat dich also... für eine andere gehalten. Das ist seltsam«, sagte Franka. Ich nickte und sah wieder die Soldaten, die nun da und dort, drüben und hier, an den Häusern entlangstrichen. Sie beachteten uns nicht, Franka und mich; wir waren für sie Zivilisten. Sausen. Heulen. Klappern. Schweres Brummen. Eine Hausecke krachte, Steine bröckelten und stäubten. Da kroch ein Panzer aus einer Seitenstraße. Eine Parkwiese füllte sich mit deutschen Pferden und hochräderigen vollbepackten deutschen Karren. Die Pferde zogen die Troßkarren. Vier Panzer, aus denen Neger herausschauten, standen an den Ecken der Parkwiese. Auf einem Tennisplatz hockten deutsche Soldaten und schauten auf die Pferde, auf die Troßkarren. Amerikaner standen vor dem Drahtgitter und rauchten. Ein Hauptmann mit weißem Haar und Brille preßte sein Gesicht ans Gitter und fragte einen Amerikaner in rauhem, holperigem Englisch, ob sie in ihrer

Armee auch Pferde hätten. »No«, sagte der Amerikaner. Der Deutsche reckte den Kopf und sagte: »But we have many horses!« Ein Neger reichte ihm eine Orange durch das Gitter.

Sie fluteten herein auf ihren Jeeps. Nun kamen die Leute aus den Häusern und stellten sich auf den Trottoirs auf. Sie schauten nur und schauten. Ein altes Ehepaar hielt ein Schild empor; in wackligen Buchstaben stand darauf: »Give us informations, please!« Die mit den weißen Helmen, den weißen Armbinden und den schwarzen Buchstaben »MP« schlenkerten weiße Knüppel und dirigierten Jeeps und Panzerwagen auf der Straße mit den Pappeln und dem Triumphbogen in der Ferne. Lange Stahlruten wie Fühler zitterten an Jeeps.

»Lustig ist, daß wir jetzt gehören zu den Deutschen. Keiner will wissen, daß wir Polen sind und Russen, keiner sieht es uns an«, sagte Franka. – »Für kurze Zeit sind wir alle gleich. Dann ändert es sich wieder. Für die ewige Zeit sind wir auch alle gleich«, sagte ich. – »Tamara denkt an die Zeit nach dem Tode, das ist klug.« – »Nein, nicht nach dem Tode. An die jetzige Zeit. In dieser und in der anderen Zeit sind wir gleich. Ich meine: Vor dem Großen Angesicht.«

Franka sagte: »Das für mich ein wohltuender Gedanke ist.«

Zurück ins Lager. Am Tor stand ein Lastwagen und ein Jeep. Olga, das Mädchen aus Ljubino Pole, kam uns in einem roten Samtkleid entgegen; es saß knapp und war so eng, daß Franka sagte: »Paß auf, sonst springt dir dein Busen heraus!« Neben den Knien war das Kleid geschlitzt. Die üppige Olga balancierte auf Absätzen, die so hoch wie ihre Zeigefinger waren. »Hast du dich blutig gekratzt, hast du rote Marmelade gegessen?« fragte ich. Olga sagte: »Das ist doch Nagellack und Lippenstift. Die Amerikaner haben es gebracht.« – »Ach so«, sagte ich. – »Kommt doch in die Verwaltung, sucht euch etwas Schönes aus«, sagte Olga. Lachend, schwatzend und schwitzend – sie streiften sich die Haare mit dem nackten Unterarm zurück – kamen andere Mädchen aus der Schreibstube gelaufen; eine jede war mit Kleidern, Wäsche und Schuhen behängt. »Siehst du, Franka, die Amerikaner wissen also doch, wer wir sind«, sagte ich. Wir gingen mit Olga in die Schreibstube. Dort drängte sich eine wilde Mädchenschar. Wäsche wurde von Tischen gerissen, ein Busen sprang aus einem zerfetzten Büstenhalter, der zu Boden fiel und zertreten wurde. Schnell wurde ein frischer übergestülpt. Sie halfen sich in die neuen Kleider. Abseits stand ein brünetter Bursch mit kurzem, schwarzem Haar, wischte sich Schweiß von der Stirn und rauchte. Er konnte Deutsch. »Sie sich etwas aussuchen, please«, sagte er zu Franka und zeigte mit brennender Zigarette in den Aufruhr.

Franka nahm sich ein grünes Kleid, Lippenstift, Kölnisch Wasser, Schminke, Wäsche und Schuhe. Ich nahm Wäsche und Seife. Franka hatte die Seife vergessen, aber Seife vergaßen viele. Der Amerikaner zog den Reißverschluß in Frankas Rücken zu und holte einen Armreif aus der Tasche. »Das fehlt noch«, sagte er. Er legte ihr den Armreif ums Gelenk. »Und Sie wollen kein Kleid haben?« fragte er mich. »Nein«, sagte ich, nahm aber dann doch einen Rock aus kräftigem Stoff und Schuhe, die niemand haben wollte, weil sie vorne breit waren und flache Absätze hatten. Die Schuhe waren sehr bequem: Neue Armeehalbschuhe aus Amerika. Der junge Mann, der Franka den Armreif geschenkt hatte, hieß Garett.

»Wir haben auch zu essen mitgebracht«, sagte er und ging mit uns in unsere Baracke. Dort stieß er einen bleichen Burschen an, der eine Brille trug, wechselte gaumenweiche Worte mit ihm und lachte. »Ich schicke ihn in die Schreibstube. Wir wechseln einander ab. Wir haben einander versprochen, daß der eine zunächst in der Schreibstube bei den Kleidern ist und der andere in der Baracke beim Essen; dann ist es wieder umgekehrt. In der Schreibstube bei den Kleidern ist es lustiger.«

Lachen. Kreischen. Schwatzen. Schwitzen. Dicker Zigarettenqualm und Grölen. Aufgerissene Fleischdosen, das Fleisch wurde mit Löffeln herausgegraben und in den Mund gestopft. Es gab Whisky. Männer saßen zwischen den Mädchen, Männer wie der aus dem Gewölbe, wo die Suppe nach Petroleum geschmeckt hatte. Der aus dem Gewölbe hatte in Tula Filzstiefel gewalkt. Sattelnasen, breite Backenknochen, kleine, schwimmend grauglitzernde Augen und breite, fettglänzende Hände mit schwarzen Nagelrändern, die sich um Mädchenschultern legten; auch um Mädchenschenkel. Es war verständlich. Sie hatten allzu lange gedarbt. Mir fiel mein Glasröhrchen wieder ein, ich betastete den Saum der Wattejacke und spürte es neben dem Notizbuch. Beides hinderte mich am Genuß dieser gärenden Augenblicke. Ich schob jede Hand weg, die sich mir um die Hüfte legte. Franka wurde nicht angepackt. Sie stand Hand in Hand mit Garett da.

»Ich möchte hier raus«, sagte ich zu Garett. »Wissen Sie kein Quartier für mich?« – »Gewiß. Die Füsilierstraße ist beschlagnahmt für displaced persons.« – »Ich gehe auch mit«, sagte Franka. Dann flüsterte sie mir zu: »Du kommst in ein Lager, wenn du zurückgehst nach Rußland. Vielleicht du auch wirst umgebracht. Bleibe bitte hier. Du noch nicht davon gehört hast?« Ich hatte es noch nicht erfahren. Ich sagte: »Das stimmt sicher. Mich wundert es nicht. Aber vielleicht ist es mir gleichgültig. Vorerst will ich nicht zurück. Wir haben ja auch Zeit. Außer Rußland gibt's noch andere Länder, und später kann ich immer noch zurück.«

Das Gerücht hatte uns rasch eingeholt. Erst fünf Stunden waren die Amerikaner hier, und schon war es zu uns gekommen. Wir wußten es. »Lemberg«, sagte Franka, »ist für mich keine lockende Stadt mehr. Mein Vater ist gekommen in ein Lager; er sicher nicht mehr lebt.«

Garett brachte uns im Jeep in die Füsilierstraße. Wir gehörten zu den ersten Mädchen, die mit einem Amerikaner im Jeep saßen. »Wie sie schauen...«, sagte Franka neben mir und stieß mich an. Die Leute schauten aus verkniffenen Augen. Garett warf eine halbe Zigarette aus dem Wagen. Dicht hinter uns las sie einer von der Straße auf. Ein anderer Jeep mußte bremsen.

VI

Hohe Backsteinhäuser, frühere Mietshäuser: In der Füsilierstraße reihten sie sich aneinander. Es war ein heißer Tag im Sommer. Ich stand neben einem gelben Telephonhäuschen, wo ein Schutthaufen unter seinem Unkrautpelz schlief. Da sagte jemand neben mir: »Grüß Gott.« Es war das bleiche Mädchen vom Trambahndepot, das sie Greco genannt hatten. »Ah, Sie…«, sagte ich und gab ihr die Hand: »Zum Glück hat Kassandra falsch prophezeit. Das ist beruhigend.« – »Ich habe Sie an Ihrer Jacke erkannt«, sagte das Mädchen. Ich befühlte den Saum, wo immer noch das Glasröhrchen und das Notizbuch zu spüren waren. Das bleiche Mädchen lächelte. Hat sie etwas gemerkt? dachte ich und sagte: »Ich kann Ihnen zu essen geben. Kommen Sie mit.«

Meine Freunde aus der Füsilierstraße saßen vor den Häusern in der Sonne. Sie hatten Kinderwagen voll Kinder dabei. Sie nickten mir zu, sagten »Strassdje«, »Schalom« oder »Servus«. Viele Sprachen wurden hier gesprochen. »Tamara, willst du nicht haben scheene Kleider? Die schmutzige Wattejack' wird dir nicht heiß?« Ich lächelte.

»Sie fühlen sich hier daheim«, sagte das Mädchen. »Es sieht so aus«, sagte ich. Sie sah mich erstaunt an. »Wer fühlt sich daheim?« fragte ich und dachte: Die beneidet dich. Ich war zu beneiden, aber nicht, weil ich mich in der Füsilierstraße daheim fühlte. Aus einem anderen Grunde war ich zu beneiden. Vielleicht, weil ich zwischen den Menschen und mir eine Glaswand spürte. Ich konnte sie alle ruhig betrachten und sehen, was sie quälte. Das heißt: Sehen ist zuviel gesagt. Ich nahm es auf, ich nahm es wahr wie einen Geruch.

Wir traten in den Hausflur ein. Das bleiche Mädchen blieb stehen und schaute die zerkratzten Wände an. Unter uns schütterte und stampfte es, wir spürten es unter den Füßen und wenn wir eine Hand an die Wand legten. Das Mädchen lauschte und legte eine Hand an die Wand. »Das sind Druckereimaschinen«, sagte ich. »Ach so...«, sagte sie. Wir stiegen höher. In der Wand war ein schmales Fenster. Sie schaute hindurch. Dahinter dehnte sich ein weiter Saal. Männer in grauen Kitteln gingen herum und nahmen mit Pinzetten winzige Metallstücke aus Pultkästen. »Was drucken die?« fragte sie. – »Eine hebräische Zeitung«, sagte ich. – »Das interessiert mich. Können Sie Hebräisch?« – »Nein.« – »Ich habe es einmal gelernt, aber wieder vergessen. Wer gibt die Zeitung heraus?« – »Ein Kuratorium.« – »So, ein Kuratorium... Überwacht das Kuratorium auch die Preise, legt es die Preise fest?« – »Ich weiß es nicht. Wissen Sie, mit den Preisen ist es so: Morgens erfährt man in der Straße: Kaffee steht heut auf siebenundfünfzig, Zigaretten auf einundzwanzig pro Päckchen. Mehr nicht. Jeder hält sich ans Vorgeschriebene. Verlangt er mehr, so bekommt er keine Ware mehr. Sehr reell alles.« – »Aber die Ware kommt doch von den Amerikanern?« – »Gewiß. Aber die Amerikaner geben nichts mehr her, wenn sie wissen, daß der andere – Strenge Gesetze sind das...«, sagte ich und lächelte. – »Aber jedermann ordnet sich gerne unter...«, sagte sie und schwieg eine Weile.

Dann fragte sie: »Wissen Sie nichts Näheres über das Kuratorium?« – »Nein. Vielleicht existiert es gar nicht«, sagte ich. – »Das kann gut sein«, sagte sie.

Du glaubst, wenn du hier wohntest, wärst du unter deinesgleichen. Für dich ist die Füsilierstraße voll Geheimnis, dachte ich und sagte: »Sie wären enttäuscht, wenn Sie hier wohnten. Aber das glauben Sie mir nicht.«

Sie sah mich mit großen, grünlichgrauen Augen an. Ihre schwarzen Brauen zuckten; sie berührten sich über der Nasenwurzel, wuchsen ineinander. Eine Falte war in ihre Stirn geritzt.

Wir traten in meine Stube. Dort schaute sie sich um, ging ans Fenster und schaute in den Hof hinunter. »Die hohen Kisten...«, sagte sie und deutete an die Scheibe. »Dort stehen hohe Kisten. Groß und schwarz steht darauf geschrieben: Salomon Grün, Haifa, oder: Rosa Silberbaum, Tel Aviv.« – »Das sind Lifts. Für die Schiffsreise«, sagte ich. – »Für die Schiffsreise...«, wiederholte sie und fragte: Sie wollen nicht nach Palästina?« – »Doch. Vielleicht. Wenn es so sein soll, wenn es sich so ergibt. Man kommt ja weit herum.« – »Nach Rußland haben Sie keine Lust?« – »Doch. Aber es ist schwierig.« – »Es soll doch Repatriierungskommissionen geben, oder nicht?« – »Gewiß. Die Leute kommen auch hierher, haben aber selten Glück mit uns. Displaced persons sind schwierig zu behandeln.« – »Seien Sie froh, daß Sie wenigstens eine displaced person sind«, sagte sie und schaute wieder in den Hof hinunter.

Ich machte meinen Schrank auf, eine Burg aus Holz mit viel Schnitzwerk. Er ächzte und wackelte. Unten waren Büchsen aufgestapelt. Ich gab ihr eine Fleischbüchse, eine Fettbüchse und einen von den braunen, stearingetränkten Pappkartons: K-Rations mit Kaffee und Zigaretten. Sie sagte: »Was bin ich schuldig? Nehmen Sie dies?« – Ein goldener Ring mit einer Perle lag auf ihrer flachen Hand. »Nein, wir sind doch beide displaced persons«, sagte ich. – »Ich bin keine displaced person, nehmen Sie doch den Ring. Ich gehöre nicht zu den Juden und nicht zu den Deutschen.« – »Ich auch nicht«, sagte ich. – »Aber das ist etwas anderes«, sagte sie. – »Nein, es ist dasselbe«, sagte ich. »Behalten Sie den Ring.«

Eine helle, heiße Straße. »Die Straße heißt nach unserer Olga aus Ljubino Pole«, sagte Franka. – »Ist die Olga eine Fürstin?« fragte ich. Wir lachten und schauten das Schild mit den weißen gotischen Emailbuchstaben an: »Olgastraße«. Unsere Olga aus Ljubino Pole hieß Olga Kefer. »Was tut unsere Olga? Ich sie schon lange nicht habe gesehen«, sagte Franka. »Die Olga ist eine Dame geworden. Sie hat einen großen Hofstaat«, sagte ich. Olgas Hofstaat bestand aus vielen Freunden.

Die Olgastraße war heil. Keine Zerstörungen, keine Ruinen. Unverletzt herübergeglitten aus einer zerstobenen Zeit, erstreckte sich die Olgastraße als gleißendes Band mit dunklem Asphaltschimmer. Hohe Gebäude, würdige Gebäude. Kanzleihäuser, Villen mit Balkonen, auf denen Herren in langen schwarzen Röcken, Damen in Samtroben mit Pleureusen nach üppigen Mahlzeiten Luft geschöpft hatten. Staketenzäune, grünglitzernde Gärten, Silbertupfen auf Blättern, Baumschatten auf blanken Wagendächern amerikanischer Automobile. Gesäumt mit metallenen Käfern, stieg die Olgastraße sacht hinauf. Sandsteinerne Häuserflanken hauchten Wärme aus. Ein Laubengang war mit Steinfiguren geschmückt. Scharfkantige Pfeiler wurden nach oben breit, muskulöse Schultern mit lachenden Satyrköpfen, von Efeu überrieselt, wuchsen daraus hervor.

»Dort steht sein Wagen«, sagte Franka und deutete auf ein gelbes Schild: US FORCES IN GERMANY. Ein klappriges Automobil, die Flanken mit rostigen Blechstücken geflickt. Ich dachte: Hoffentlich hat er in Amerika ein neues Auto. »Ist Garett gut eingefaßt, hat er viel Geld?« fragte ich Franka. Sie antwortete: »Ich weiß es nicht. Es ist mir egal.« – »Sag das nicht, Franka. In Amerika ist es wichtig, daß einer viel Geld hat. Für dich ist es auch wichtig.« – »Ach herrje! Soll ich mich darum kümmern, Tamara? Er ist jetzt hier. Vielleicht er mich anschwindelt, wenn ich frage: Hast du Geld? Deshalb ich frage lieber nicht. Es geht so schnell vorbei: Das Geld, die Zuneigung. In der nächsten Minute alles ist vorbei. Jetzt hast du etwas gern, nachher bist du seiner überdrüssig. Und dann hast du es wieder gern.« Sie lächelte, berührte mit den Fingerspitzen Garetts Wagen. »Was kann verlangen eine displaced person? Sie kann nichts verlangen. Ich kann nichts verlangen, Tamara.« Wenn es wahr ist, was du sagst, dann bist du klug, dachte ich. Ich glaubte es ihr nicht.

US MILITARY GOVERNMENT: Ein weißes Schild mit schwarzen Lettern war am Balkon einer breiten Villa festgemacht. Früher war darin das deutsche Generalkommando gewesen. »Der liebe Gott ist ein Militarist, weil er hat stehen lassen das Generalkommando«, sagte Franka. – »Er hat es gut gemeint. Dein Garett kann dort bequem leben. Er hat eine gute Unterkunft gefunden. Gönne es dem Garett«, sagte ich. – »Oh, gewiß! Ich froh bin, daß ich ihn habe. Aber ich denke immer: Es geht bald vorbei.« Du fürchtest dich davor, daß es bald zu Ende gehen könnte. Du denkst: Die Tamara soll nicht glauben, ich hinge mich an einen Ami, der jetzt schon verschwunden sein kann. Hoffentlich war er jetzt noch nicht verschwunden. Franka brauchte einen Menschen. Sie mußte sich an einem andern Menschen halten. Mußte ich das auch? Hoffentlich nicht. Immer noch sah ich die Leute durch meine Glaswand. Auch Franka, auch Garett.

»Also komm, wir gehen hinauf«, sagte ich zu Franka. Wir gingen ins Haus der Militärregierung hinein. Aus einem Fensterchen schaute ein Fräulein, blond und rotlippig, heraus: »Zu wem wollen Sie?« – »Zu Mister Russell Garett, Private first class«, sagte Franka und drückte ihren Busen heraus. Sie trug das grüne Sommerkleid und hatte den Reif am Handgelenk, den ihr Garett geschenkt hatte. Über unseren Köpfen war die Decke mit Stuckverzierungen gespickt. Frauen stützten sie, die nackten Steinschultern von Blumengewinden überrieselt. In dunkelblauer Uniform ging ein bleicher Mann mit umgehängter Maschinenpistole auf dem Mosaikboden hin und her. Die Maschinenpistole glänzte frisch geölt, ein blauer Stahlhelm machte sein Gesicht noch bleicher. Eine Marmortreppe mit dunkelrotem Läufer führte in die Höhe. Vor einer offenen

Tür hielt ein zerlumpter Mann einen Adler auf der Faust und zeigte ihn einem hageren Offizier. Hinter dem Offizier leuchtete ein teppichbelegter Zimmerboden. »Das ist der Gouverneur«, flüsterte Franka. Sie hatte große Augen. Du bist nervös, dachte ich. Eine hohe weiße Tür mit Rillen, hölzernen Schnörkeln und Schnecken. Eine Klinke aus massivem, üppig verziertem Messing fühlte sich kalt an. Franka zog mir die Hand weg. Sie atmete auf, horchte an der Tür und klopfte. Ihre kleine, rosig gepolsterte Hand drückte die schwere Klinke nieder.

Die Tür ging auf. Franka mußte ausweichen, sonst hätte ihr die Klinke an die Brust geschlagen. Hohe Klinken, hohe Türen, hohe Zimmer. Garett kam im Overall heraus, die Schildkappe über die Stirn zurückgeschoben, daß sein Stoppelhaar hervorsah. Er streckte uns beide Hände entgegen: »Okay, ihr Guten! Wir fahren in den Wald!« Er lief die Treppe mit dem roten Läufer hinab und faßte eine Bronzedame, die eine Milchglaskugellampe hielt, am Schenkel an. Franka sagte: »Einen wie den Garett du auch haben könntest. Wenn du nur wolltest.« Ich sagte: »Ja. Aber wozu?« Franka lachte, sie war fröhlich. Wenn das nur nicht bald anders wird, dachte ich.

Wir stiegen in Garetts Wagen, einen Blechsarg voll Hitze. »Puh!« sagte Franka und ließ die Scheiben herunter. Sie waren von Fingerabdrücken fleckig. Eng saßen wir neben Garett auf ausgefransten Polstern. »Ich verschmachte«, sagte Franka, »gib mir etwas zu lutschen.« Sie griff in seine Tasche. Die Tasche war außen auf die Hose genäht, ein tiefer Sack. Franka zog einen Cellophanbeutel mit kandierten Früchten heraus und steckte mir eine zuckrige Zitronenscheibe in den Mund. Ein Bauwerk glitt vorbei: Dicke, geschwärzte Säulenstümpfe über einer langen Treppe. Hinter den Säulen lag ein Café, ein Zimmer mit nackten Stühlen und kahlen Wänden. Dort saß ich gern und trank Malzkaffee, den sie Negerschweiß nannten. Eine Siegessäule mit schwarzen Engeln neben dem Sockel und einem schwarzen Engel oben auf der Säulenspitze zeigte an den Himmel. Freunde aus der Füsilierstraße standen unter der Siegessäule und winkten uns. Zwei Polizeiwagen, einer von oben und einer von unten, sausten die Straße herauf. »Herrjemine«, sagte Franka, die sich wie ich lustige deutsche Ausdrücke angewöhnt hatte, »herrjemine, die riegeln ab.« Die Polizei riegelte den Schwarzen Markt ab, und unsere Freunde aus der Füsilierstraße mußten ihre Ware in die Abfallkörbe stopfen, damit sie nachher, wenn sie durchsucht wurden, nichts mehr bei sich hatten. »Ein großer Verlust für unsere Freunde. Die Abfallkörbe werden überquellen von Zigarettenpäckchen«, sagte Franka. – »Aber die Deutschen bekommen zu rauchen, ohne daß sie es bezahlen müssen«, sagte ich. – »Du bist menschenfreundlich«, sagte Franka. – »Arg schlecht... arg schlecht...«, sagte Garett und schüttelte den Kopf. »Kein Schaufenster ist voll. Ich denke: Wo kaufen deutsche Frauen ihre Unterwäsche?« Sein Vater hatte in Chicago ein Geschäft für Unterwäsche, und er hätte gern gesehen, wie die Deutschen ihre Schaufenster dekorierten; er wollte etwas lernen. Ich dachte: Dein Problem ist die Unterwäsche. Sonst kennst du keines. Glücklicher Mann. Sei froh darüber. Aber weißt du, was mit deinem Mädchen los ist? Das solltest du wissen. Es wäre gut, wenn du es wüßtest.

Wir fuhren zu einem Schloß im Wald. Es hatte eine schieferglänzende Kuppel. Früher war es weiß gewesen, nun war sein Verputz grau geworden und schilferte ab. Es sah wie aus Luft gemacht aus. Garett wollte es von innen sehen und klopfte an den Kavaliershäuschen. Ein verwachsener Mann hinkte heraus. Er schloß uns das Schloß auf. In einem runden Saal bestanden die Wände aus Spiegeln, aber da und dort war ein Spiegel zerschlagen. Bemalte Holzwände hatten Risse, vom Plafond war Stuck abgebröckelt und knirschte unter den Schuhen. Garett ging engumschlungen mit Franka: Der Amerikaner im Arbeitsdreß mit seiner polnischen Geliebten. Sie schmiegte sich in ihrem grünen Kleid an ihn und wackelte auf hohen Stöckeln. Ich glaube nicht, daß es mit euch beiden gutgeht, dachte ich. Wir kletterten über eng gewundene Stiegen in die Kuppel hinauf. Garett war rascher oben als wir beide, und weit hinter uns schnaufte der Kastellan. »Ich weiß es doch, er hat mir gesagt, daß er wegzieht im Herbst. Ich damit rechne. Jetzt ist es schön. Später –«, sagte sie und warf ihr Händchen in der stickig heißen Luft der engen Holzspindel beiseite. Wir drängten uns hinauf. »Ich doch immer habe noch Tamara«, sagte Franka.

Auf einer der ausgewetzten Treppenstufen lagen zwei Zigarettenpäckchen, eingewickelt in einen Fünfdollarschein. »Das hat er hingelegt für den Herrn Kastellan«, flüsterte Franka. Sie deutete mit spitzem Finger darauf. Die Sonne durchschien ihre Hand, sie warf den Kopf zur Seite und schüttelte zwei Tränen fort; sie blitzten in der weißen Sonne. Du bist zu stark gerührt von seiner Güte, das gefällt mir nicht, dachte ich und sagte: »Du hängst an ihm.« – »Nur bis zum Herbst«, gab sie zurück.

Oben auf der Plattform sah sie sich nicht um; sie schaute nicht hinaus ins Weite, sie sah nur Garett. Der Kastellan war nicht mit heraufgekommen. Draußen bewegten sich die Wälder als grüne Wellen. Eine Stufe hellen Lichts wechselte mit einem Schattenstreif ab, die Hügel waren niedrig von hier oben, und gelbe Ebenen dehnten sich aus. Die Hitze buk die schwarzen, moosbedeckten Dächer der Kavaliershäuschen, hinter denen niedriger Wald begann, struppig verwilderte Schonungen. Dort wäre ich gern mit Franka allein gewesen. Ich roch den Harzgeruch in der Sommerhitze zwischen dem Gestrüpp, obwohl ich weitab stand, hoch über allem und angerührt vom Wind. Der Wind hatte sich gedreht. Ein rostiges Wetterfähnchen bewegte sich auf einer Dachspitze, während ich mir wünschte, drüben mit Franka allein zu sein, ihren nackten Arm im Nacken zu spüren und ihren Schweiß zu riechen. Was ging uns Garett an? Laß doch deinen Ami, wir kommen ohne ihn besser aus, und ich wäre eine große Sorge los. Du bildest dir deine Liebe nur ein; sie ist kein Schutz gegen Einsamkeit, nur eine flüchtige Betäubung; allerdings: Was ist nicht flüchtig? Komm, Franka, wir verschwinden zwischen Gräsern und Dornranken. Der Garett holt uns nicht mehr ein...

Ich schwieg, ich wagte nichts zu sagen. Da spürte ich Frankas Hand am Ellenbogen. »Drüben sollten wir jetzt sein... Dort geht uns nichts mehr etwas an«, sagte ich und deutete hinaus. Sie nickte, die Lider zusammengekniffen, in der Sonne, löste aber nicht den Arm von Garetts Hüfte, wie ich hoffte. Ich hörte den Wald rauschen, die Alleebäume bewegten sich, mächtige Kastanien mit dunklen Schattenstrudeln in grünen Wölbungen. Wir sahen auf sie hinab, sie mischten sich mit den Waldbäumen, und so war's wie eine hohe Ebene, ein weites Blätterpodium, ein Blätterboden, über den ich mit Franka gehen wollte, bis wir wieder in der Heimat waren.

Sie sah aufs braune Dach, auf die alten Ziegel unterm Geländer der Plattform, wo wir standen. Sie zog die Brauen zusammen und runzelte die Stirn. »Oh, ja... gewiß«, sagte sie auf Russisch, lächelte und seufzte leise. Sie kratzte mit dem Fingernagel am Eisenstab des Geländers. »Ich hinausfliege mit dir, wenn wir noch lange hier stehen, Tamara!« rief sie dann und ging zur Tür.

Langsam stiegen wir wieder hinab. Unten roch es in einem halbdunklen Gang nach Zigarettenrauch. Unser Kastellan lehnte am Fenster und rauchte, sein Gesicht strahlte von tiefen Falten. Katzbuckelnd führte er uns hinaus.

Im PX-Laden, dem amerikanischen Warenhaus, mit Franka und Garett. Ihr frisch gewelltes schwarzes Haar mit rötlichem Schimmer – er war künstlich – züngelte im Luftzug des Ventilators, der dunkelflügelig über uns wirbelte. »Vorsicht Hubschrauber«, sagte Garett und deutete hinauf. Er zeigte seine makellosen Zähne. Ein Lautsprecher knackte. Eine scharfe Frauenstimme sagte genau und langsam, katzengedehnt: »Fräulein Schittenhelm, bitte zum Chef eins. Ich wiederhole: Fräulein Schittenhelm, bitte zum Chef eins.« – »Oh, eine von den Detektivinnen!« sagte Garett. Da und dort stand ein Mädchen und schaute unbeteiligt herum. Trockene Hitze, ausgetrocknet von Zigarettenrauch. Der schwere, süße Zigarettenrauch schlug sich mir aufs Gehirn. Immer wieder wurde ein Zahnpulver als Heilmittel für Parodontose angepriesen. Pompöse Musik brach ab, und eine Männerstimme verkündete die Siegesmeldung: »Lucky Strike means fine tobacco!« – »Hier«, sagte Garett und griff in ein Bündel Badeanzüge. Er angelte ein gelbes Höschen hervor, ließ seine Faust hineinschlüpfen und machte es prall; es war schwarz marmoriert und mit Hoteletiketten bedruckt. Am Hintern trug man in dieser Saison »Miami Beach«, der Schoß ließ »Florence/Arizona« hervorgucken, und der Busen zeigte George Washingtons gesundes Greisenhaupt auf daumengroßen Briefmarken. »Den?« fragte Garett. »Ja?« Und zur Verkäuferin: »Also diesen Bikini packen Sie uns ein.« Franka sagte: »Glaubst du, das steht mir? Ach, ich mir darin vorkomme ärger als nackig. Ich will den Leuten doch nicht zeigen meinen Nabel.« Aber sie nahm den Bikini, weil er Garett gefiel. »Für mich einen aus schwarzer Wolle, bitte. Aus einem Stück«, sagte ich zu Garett. Er bezahlte alles mit einem frischen grünen Dollarschein. Dann fuhren wir ins Mineralbad.

Im Mineralbad war der Boden neben dem blauen Becken aus braunrotem, körnigem Stein. Das Wasser schäumte aus einer kupfernen Muschel. »Ich weich und schwitzig bin. In der Kabine hat es gerochen nach Kinderzeit: Warmes Holz, Schweiß, geteerte Bretter«, sagte Franka. »Dort ist das Männerhaus. Wir warten auf den Garett. Du wirst sehen: Er ist schlank und braun, Tamara. Ganz wunderschön!«

Garett kam aus dem ›Männerhaus‹, lächelte und hielt ein blaues Handtuch vor die Brust; so hat er als kleiner Junge ausgesehen, dachte ich. Frankas Bikini saß ›hauteng‹. Er spannte. Aber das war attractive. In den Hüften hatte Franka fingerdicke Wülstchen; ihre Brüste waren größer als der Badeanzug. »Oh, ich hier falle auf, Tamara! Ich hätte mitnehmen sollen ein Jäckchen«, sagte Franka. Garett lächelte immer noch. In sein blaues Handtuch hatte er Keks, kandierte Früchte und Zigaretten gewickelt. Wir gingen über den Rasen zu den schwarzen Liegebrettern. Hinter einer Mauer schob sich der Fluß vorbei. »Oh, wie der Fluß ist schmutzig«, sagte Franka. Er war braun und hatte fettschillernde Streifen wie Hautfetzen. »Keine Fische leben mehr darin. Das ist schlimm, Tamara.« Dann sah sie aber doch noch ein paar Fischlein im Braunen wimmeln und war froh darüber. Am anderen Ufer standen Pappeln wie langgezogene Trauben aus Licht und Schimmer mit Hügeln dahinter, die dunststaubig waren und durchsichtig schienen, ein Rauch schleierigen Grüns. »Ich spür so gern den Wind auf meiner Haut«, sagte Franka und dehnte sich. Vor uns rauschte ein Baum, seine Zweige berührten fast den Boden. »Ich klettere hinauf«, sagte Garett. Er war schnell oben, wir sahen ihn nicht mehr, aber dann pfiff er wie ein Vogel. Franka rief: »Ich zu dir komme!« Ich blieb auf den schwarzen Brettern liegen und sah, daß viele Leute um uns lächelten. Sie beneideten Franka und Garett. Warum? Weil sie naiv und glücklich schienen.

Als sie wieder unten waren, schaute Franka in ihre

Hände; sie waren schwarz von der Baumrinde. »Jetzt wir müssen ins Wasser«, sagte Franka. Wir liefen zum blauen Becken. Dort prickelte das kalte Wasser als wohliges Brennen und wärmte den Leib. Ich stand mit Franka an der Wassermuschel. Wir tauchten unsere Köpfe hinein. Franka sagte: »Wenn ich doch aus meinem Kopf könnte wegschwimmen lassen den Gedanken: Er geht im Herbst fort. Damit du dich auch nicht befreunden könntest, wenn du wärst in meiner Lage, Tamara.« – Durchs klare Wasser sah ich den Boden, der mit blauen Kacheln ausgelegt war. Hier war reines Wasser, und im Fluß war totes Wasser, weil der Fluß Abwässer mitschleppte.

Hernach fuhr uns Garett in die Füsilierstraße zurück. Franka sagte: »Ich mich hinlege, ich müde bin vom Bad. Garett muß auch wieder fort in sein Büro. Garett, du hast ein üppiges Büro... Überall stehen Frauen aus Marmor und Bronze!« Wir lachten. Franka umarmte Garett in der menschenwimmelnden Füsilierstraße. Dann lief sie ins Haus hinein. Kurz darauf klopfte ich an ihre Tür. Sie hatte abgeschlossen. »Du bist's, Tamara?« fragte sie. »Ich will jetzt haben meine Ruhe. Du verstehst mich?« – »Ja«, sagte ich.

Ich ging zu mir hinüber und dachte: Wenn nichts passiert, bin ich froh. Ich tastete nach dem Glasröhrchen. Es steckte noch im Saum der Wattejacke. Sie kann es mir stehlen und die Kristalle schlucken. Das werde ich verhindern, dachte ich und beschloß, die Wattejacke nachts unter mein Kopfkissen zu legen. Ich hatte Franka nichts von diesem Glasröhrchen erzählt, aber es konnte sein, daß sie davon wußte. Vielleicht hatte sie sich im Lager einmal auf die Jacke gelegt und gedacht: Da ist etwas Hartes drin. Was die Tamara dort versteckt hat? Und jetzt fiel ihr dies wieder ein; im ungünstigsten Augenblick. Es klopfte. Zwei Freunde aus der Füsilierstraße traten ein, Herr Sellin und Frau Tesch. Sellin war Professor in Leningrad gewesen. Sein Gesicht schien aus porösem Stein gemacht. Durch eine randlose Brille schauten graue, abwesende Augen. Frau Tesch war fuchsschwanzrot. Sie stammte aus Constanza. An ihren Handgelenken klapperten Goldreifen. Die beiden fragten nach Franka. »Man muß sich kümmern um das Mädchen, und man kümmert sich um sie«, sagte Frau Tesch. »Wenig Möglichkeit, wie ihr zu helfen wäre«, sagte Sellin. – »Man bemüht sich. Wir befürchten, daß es verläuft wie man befürchtet.« – »Wann verläuft es anders?«, fragte ich. – »Oh, es gibt Fälle...«, sagte Frau Tesch und lächelte. – »Fälle, die glücklich verlaufen?« fragte ich. – »Jawohl, man hat davon gehört... Haben Sie denn keine Möglichkeit der Einwirkung auf dieses Mädchen?« – »Ich bin mit ihr befreundet. Aber was hilft Freundschaft in diesem Fall? In diesem Fall hilft Freundschaft nichts.« – »Oh, das dürfen Sie nicht von der Hand weisen«, sagte Sellin. – »Gewiß. Aber in diesem Fall kommt hinzu, daß sie von zu Hause weggerissen wurde. Und zwar als Fünfzehnjährige«, sagte ich. – »Sie meinen: Dieser rasche Wechsel des Milieus ist schuld?« fragte Sellin. »Ich sehe den Fall anders: Labile Grundsituation... Ich weiß allerdings nicht, ob ich mich verständlich mache.« – »Ich glaube ja.«

Franka kam herein. Sie hatte zerwühltes Haar und geschwollene Lider. Ihre Lippenschminke war verschmiert. »Ach, ihr alle sitzt beisammen«, sagte sie. »Soll ich wieder gehen?« – »Nein.« – »Tamara, weißt du, an wen ich habe denken müssen?« Ich schüttelte den Kopf. »An Frau Heyn.« – »Ja, Franka, wir sind undankbar. Wir müssen ihr zu essen schicken«, sagte ich. Und Frau Tesch und Sellin zugewendet, fügte ich hinzu: »Das ist eine Frau, die hat mich beschützen wollen. Aber ich bin davongelaufen... Hier sagt man von einer solchen: Die ist hagebüchen. Das heißt: Ihre seelische Grundsituation ist gefestigt.« Franka sagte: »Ach, Tamara, ich so rasch vergesse alle Leute von früher. Es schlimm ist mit mir. Ich mich nicht gebunden fühle, ich dahin geweht werde wie der Samen vom Löwenzahn. Ist Löwenzahn Unkraut? Hoffentlich der Same fällt auf feuchten Boden.« Sie lächelte.

Nach einer Weile sagte sie: »Ihr denkt: Hätte doch unsere Franka etwas von dieser Frau Heyn.«

Es klopfte. Das bleiche Mädchen, das ich aus dem Straßenbahndepot kannte, schaute herein: »Oh!« – »Setzen Sie sich zu uns«, sagte ich. »Gut, daß Sie kommen. Wir planen hier gerade etwas. Sie müssen uns helfen«, sagte ich. »Es handelt sich um ein Fest. Wir wollen ein Fest abhalten, heute in acht Tagen. Sie sollen kommen, Frau Tesch und Herr Sellin sollen kommen, ein Amerikaner wird eingeladen, und meine Freundin Franka, meine beste Freundin, ist sowieso dabei... Dann kommt noch die vollbusige und weitherzige Olga aus Ljubino Pole und eine Lehrersgattin, eine gewisse Frau Heyn. Ich wäre Ihnen dankbar, wenn Sie auch die anderen verständigten. Wissen Sie: Kassandra, dann die Hagere mit dem Tungusengesicht, die Malerin, die gelenkig war wie ein Affe. Und

Frau Vogel. Jawohl, auch Frau Vogel... Sie ist zwar als Putzfrau hauptberuflich im Depot –«

»Oh, das tut nichts zur Sache«, sagte Sellin. Mir fiel noch das schwangere Mädchen ein, das nie ein Wort gesagt hatte, und ich fragte, ob man etwas von ihr wisse. »Sie hat kürzlich geheiratet. Einen Universitätsprofessor«, sagte das bleiche Mädchen. – »Universitätsprofessor? Müssen wir dann auch den Mann hierhaben?« fragte Sellin und schaute über mich hinweg. – »Sie wohnen beide nicht in dieser Stadt«, sagte das Mädchen. »Sie sind glücklich.« – »Nun, dann erübrigt es sich sowieso«, sagte Frau Tesch. Das bleiche Mädchen horchte auf und schaute vom einen zum andern. Dann fragte es: »Sind Sie vom Kuratorium?« – »Von welchem Kuratorium? Entschuldigen Sie, aber ich kann nicht verstehen«, sagte Sellin. – »Das Kuratorium, das die hebräische Zeitung herausgibt und die Preise festsetzt«, sagte das Mädchen und wurde rot. – »Ach so, das meinen Sie... Nein, Sie täuschen sich. Meines Wissens existiert kein Kuratorium. Die hebräische Zeitung hat nur einen Redakteur. Und was die Preise anlangt« – er schaute Frau Tesch an. – »Die Preise«, sagte Frau Tesch, »liegen in der Luft.«

Das Mädchen schwieg. Frau Tesch und Sellin sprachen über ein Automobil, das sie sich kaufen wollten. Ich sagte: »Ein Ford bleibt immer ein Ford« und hörte, wie das Mädchen neben mir Franka Lander fragte, sie habe vorhin den Namen Heyn gehört, Fräulein Lasowskaja habe von einer Frau Heyn gesprochen. Wer das sei. – »Eine Lehrersfrau, aber sie hat geholfen mir und Fräulein Lasowskaja.« – »So«, sagte das bleiche Mädchen.

»Wir sollten auch Leute einladen, die weit fort sind«, sagte ich. »Solche, die uns weit voraus sind, meine ich. Ich habe einmal ein ostpreußisches Mädchen und einen Hauptmann gekannt, der den Pour le mérite gehabt, aber diesen Orden nicht getragen hat. Beide sind mir aus den Augen entschwunden.« – »Ach, solche meinen Sie... Ja, die gehörten freilich auch dazu. Ich bin überzeugt, sie werden ohne Einladung erscheinen. Wenn Sie jemand davon sehen, machen Sie mich darauf aufmerksam. Das heißt: Wenn Sie wirklich wünschen, daß ich kommen soll«, sagte das bleiche Mädchen. – »Wir wünschen es«, sagte Sellin.

»Franka, hast du die Kerzen besorgt?« – »Franka, denk an die Leuchter. Jüdische Leuchter sind die besten: Siebenarmige und achtarmige Leuchter von unseren jüdischen Freunden.« – »Franka, als Tischtücher nehmen wir die hebräische Zeitung.« – »Nicht wahr, Franka, du hast Sellin verständigt, daß er mit dem Redakteur spricht? Wir wollen in der Setzerei sitzen. Die Kästen mit den Lettern rücken wir an die Wand. Die hebräische Zeitung kommt sowieso nur einmal in der Woche heraus.«

So hielt ich Franka in Trab. Sie durfte nicht zu sich selber kommen. Die Vorbereitungen für unser Fest mußten sie ganz in Anspruch nehmen. Ich telephonierte mit Garett, lud ihn ein und sagte, er solle seiner Verlobten gefälligst jeden Tag einen Strauß roter Rosen schicken. Rote Nelken dürften es auch sein. Als einmal bis abends um sieben die Blumen ausgeblieben waren und Franka sich immer wieder aufs Bett setzte und sagte: »Ich bin müde. Ich habe so viel übergelebt.

Ich habe genug. Du dein Fest selber machen mußt, Tamara«, lief ich zum Telephonhäuschen neben dem unkrautüberwucherten Schutthaufen, um Garett ein zweites Mal anzurufen. Da rief er mir aus seinem klapprigen Automobil »Hällou, Tamara!« zu. Er war auf dem Weg zu Franka und blieb die Nacht bei ihr. Am Morgen sagte er zu mir: »Ich habe es nicht mehr ausgehalten!« Franka konnte sich nichts Besseres wünschen. Frau Heyn schickte ich ein Paket und legte einen Zettel hinein: »Wir erwarten Sie am Samstag um halb acht, Füsilierstraße 7a, im Setzereisaal.« Sie schrieb zurück: »Herzlichen Dank. Ich komme. Ihr Paket hat mir das Leben gerettet.« Auch Frau Vogel erhielt ein Paket und eine Karte, doch antwortete sie nicht. »Ob sie überhaupt lesen kann?« sagte Franka. – »Essen kann sie. Das ist die Hauptsache«, sagte ich. – »Nicht ganz...«, sagte Franka. – »So? Und vor einem halben Jahr hast du noch gesagt: Es gibt nur essen, schlafen, schaffen, sterben.« – »Du siehst, ich habe mich höherentwickelt«, sagte Franka.

In der Setzerei schoben die Setzer ihre Pultkästen an die Wände. Kräftige Kerle, stiernackige Burschen, wilde Gesichter mit Stirnen, die sich finster krausten, mit Nasen wie Schneckenhäuser und Schultern, so breit wie eine Tür – solche gab's genug in der Füsilierstraße – stemmten Tische und Hocker, Stühle und Sessel herauf. Wir hatten viele sieben- und achtarmige Leuchter. Dann wurden hebräische Zeitungen als Tischtücher ausgelegt. Zu essen gab's Linsen mit Fleisch. Es dampfte und roch aus der Küche. Im Saal flackerten Kerzen auf den Tischen, die Steingutteller glänzten, es waren tiefe, solide Näpfe. Vor jedem Teller stand eine Flasche Schnaps; ein Päckchen »Camel« lag daneben. Das wasserscharfe Glas der Flaschen blitzte, der Kerzenschmuck beweglicher Flammen zitterte, die Blätter der hebräischen Zeitung zeigten ihre dunklen Gründe; sie glichen uralten, aus einem Felsengrab geborgenen Papieren.

Franka war festlich erhitzt, schwitzig, hochbusig und rot. Sie hatte zwei goldene Anker als Clips in die Ohrläppchen gesteckt. So stand sie unter der Tür, als die Gäste kamen.

Von alten Bekannten erschien zuerst Frau Vogel, das Gesicht zottelhaarig und schmutzfleckig; sie sah noch schlimmer aus als zu unserer Zeit, damals im Depot. »Ja, Frailain, Frailain! So ebbes! Wer hätt' dees denkt!« rief sie aus und fiel Franka um den Hals. Tränen machten Rinnen in ihre dreckigen Backen. »Ja gelt, zu unserer Zeit, damals bei der Trambahn! Das war halt noch ein Leben... A scheene Zeit, a scheene Zeit... aber vorbei. Was vorbei ist, ist vorbei... Wer hätt' dees denkt, daß alles noch amol so kommt! 's ischt a Jammer... Frailain, 's ischt nemme schee, 's ischt nemme dees...« Dann sah sie auf die Tische: »Ja, waas, ihr hent a Babbelwasser?« Sie packte eine Flasche und kratzte mit ihren schwarzen Nägeln den Siegellack ab. »Frau Vogel, zuerst gibt es ein Essen«, sagte ich und nahm ihr die Flasche weg.

Dann erschien das bleiche Mädchen, das Greco genannt wurde. Sie gab mir die Hand. Sie schaute in den Saal hinaus und sagte: »Die hebräische Zeitung haben Sie also als Untergrund...« Sie betrachtete die Leuchter, das Glänzen ihrer wie mit Knospen verzierten Arme, die aus dem Messingstamm hervorzuwachsen schienen, ein Gitter aus Licht, das sich schwebend erstreckte. »Sie haben noch nicht in Erfahrung gebracht, wer zum Kuratorium gehört?« fragte sie mich und fügte nach einer Weile hinzu: »Sicherlich Herr Sellin und Frau Tesch. Aber auch Sie, Fräulein Lasowskaja. Sie wissen es nur nicht.« – »Das ist gut möglich. Ich erwarte, daß heute abend mein Engel kommt. Er hat mich aus Ostpreußen hierhergeführt, ich erzählte Ihnen schon.« – »Ja, ich erinnere mich. Sie haben Andeutungen gemacht. Verständlicherweise bin ich daran stark interessiert.« – »Das ist keine überraschende Sache. Ein Erlebnis, wie es jeder haben kann. Das heißt: Jeder ist vielleicht zuviel gesagt. Aber Ihnen könnte es auch zuteil werden. Doch. Bestimmt. Übrigens verlief es ganz natürlich: Sie begleitete mich hierher, sie führte mich auf der Flucht, wir schlichen uns in einen Militärtransportzug hinein und begegneten dem Hauptmann mit dem Pour le mérite, den er nicht trug. Er schleppte mit mir das verwundete Mädchen in den Bahnhof. Fliegerangriff. Es war ein Blutflecken auf ihrer Decke. Und als ich gehen mußte, schaute das Mädchen in die Höhe. Es kann noch am Leben sein. Ich denke oft: Das Mädchen ist damals vielleicht nur ohnmächtig gewesen, doch bin ich ihm seitdem nicht mehr begegnet.« – »Das Mädchen lebt«, sagte sie. – »Ja? Sie kennen sie? Wo ist sie?« Sie lächelte und bewegte den Zeigefinger neben dem Gesicht. »Nicht so. Anders, meine ich. Ich meine: Ihr Mädchen lebt bestimmt.« – »Ach, so meinen Sie das. Ja. Sie haben recht.«

»Klein, im grauen Spitzenkleid, weißhaarig und rosabackig, erschien Frau Heyn. Hinter den Brillengläsern weiteten sich ihre blauen Augen. »Grüß Gott, Franka, grüß Gott, Tamara. Ich danke euch nochmals fürs Paket. Gelt, das war eine wüste Zeit. Jetzt ist's Gott sei Dank vorbei. Recht haben wir behalten: Sie sind drunten, zusammengestampft sind sie! Der blasse Zwickerheinrich zum Beispiel. War das nicht großartig, was der Sefton Delmer damals gesagt hat? Oh!« Und sie klopfte auf den Tisch: »Tam-tam-tam-tam –– tam tam tam tam. Hier ist London mit den Abendnachrichten in deutscher Sprache.« –

Ich nickte Frau Heyn zu und ging mit Franka weg. »Du kennengelernt hast in Rußland den Herrn Abel Heyn?« fragte sie. »Ich immer habe es gewußt. Ach, Tamara, du bist schlimmer dran als ich.« – »Nein, Franka... Nein. Aber du verstehst jetzt, weshalb ich ihr weggelaufen bin? Ich wollte nicht in seinem Zimmer schlafen... Dort kommt der deine. Du siehst ihn nicht? Jetzt steht er neben der Frau Vogel.«

Franka umarmte Garett. Alle klatschten. Wir setzten uns und aßen. Frau Vogel schlurfte als erste hinaus und holte sich eine zweite Portion. Im Lager hatte man's einen Nachschlag genannt. Es wurde gesungen. Eine blaue Rauch- und Dunstschicht lagerte über den Köpfen. Frau Heyn hielt ihr Schnapsglas zu, als ihr das bleiche Mädchen, das Greco genannt wurde, noch einmal einschenken wollte: »Nein, mir bitte nix mehr!« Sie wandte sich mir zu: »Tamara, ich muß Ihnen was erzählen. Also kürzlich, wen treff ich da auf der Straß? Den Möss. Ja, den Ortsgruppenleiter. Was, Sie laufen noch frei herum? sag ich zu ihm. Und wissen Sie, was der mir zur Antwort gibt? Freilich, sagt er und grinst wie ein Lausbub mit seinen dicken Zähnen und den abstehenden Ohren, freilich. Ich habe ja nicht einmal Sie bei der Gestapo angezeigt, Frau Heyn. Und Sie haben gewiß ein freches Maul gehabt. Und eine Russin haben Sie bei sich aufgenommen, bloß ist sie Ihnen dann davongelaufen. Ja, ich hab alles g'wußt, sagt der Kerl zu mir. Da war ich baff. Also war der doch nicht so blöd, wie ich immer gedacht hab, Tamara. Und wissen Sie, was der noch zu mir gesagt hat? Liebe Frau Heyn, hat er gesagt, wären Sie nicht so nett und würden mir bestätigen, daß Sie nie von mir belästigt worden sind? Das mit der Russin müssen Sie auch hineinschreiben. Ich brauche einen Persilschein für die Spruchkammer... Da war ich zum zweitenmal baff und hab ihm den Persilschein ausgeschrieben. Weil's schon egal ist, Tamara. Wir müssen halt zusammenleben, es bleibt uns nix anderes übrig. Und der Möss hat mir ja auch nach einem Fliegerangriff geholfen. Das war so: Ich komm nach der Entwarnung aus dem Keller. Alle Scheiben sind kaputt. Wie meine Küche ausgesehen hat, Sie können es sich nicht vorstellen. Unter meinen Schuhen hat's nur so von Glassplittern geknirscht; meine Vorhänge waren zerfetzt. Also, ich sag Ihnen: Bloß noch Lumpen... Und das Allerschönste: Ein Blindgänger ist im Vorgarten gesteckt und hat seine eisernen Flügel herausgestreckt. Aber ein großer Blindgänger, sag ich Ihnen: eine Luftmine. Die Ecke von meinem Badezimmer war auch weg. Und drüben hat die Bäckerei gebrannt. Da kommt ein Löschzug der Feuerwehr angerasselt. Die Kerle steigen aus, schrauben die Schläuche am Hydranten fest und gucken blöd. Ich geh zu ihnen und frag: Warum spritzt ihr nicht? Weil wir keinen Befehl haben, sagen die. Euch zeig ich's, sage ich, schraube das Wasser auf, daß es in den Schlauch schießt; der wird dick wie ein fetter Wurm. Und ich pack die Spritze. Aber die hat in meiner Hand gezuckt, ich sag Ihnen: wie ein wildes Tier. Mich hat's umgehauen. Am Backen hab ich geblutet. Da seh ich den Möss und laufe zu ihm: Wenn Sie nicht sagen, die sollen jetzt spritzen – Ich hab ihn so angeguckt, wissen Sie: Sooo...« Frau Heyn riß die Augen auf. »Da hat der Möss hinübergeschrien: Spritzt, ich bin der Ortsgruppenleiter! Und ich, ich hab ihn am Ärmel gepackt und mit ins Haus genommen. Sehen Sie sich die Bescherung an, ich brauch Dachziegel, wehe, wenn Sie nicht dafür sorgen, daß der Blindgänger im Vorgarten wegkommt, und das Badezimmer muß gemacht werden, und den Glaser bestellen Sie auch für mich, verstanden, hab ich gesagt. Und der Kerl hat tatsächlich alles so gemacht, wie ich's ihm gesagt hab. Ja, der Möss ist schon arg blöd.«

»Später ist nichts mehr passiert?« fragte ich.

»Nein. Auch mein Mann ist wieder da. Der war als Schulmeister auf dem Land, weil seine Schul' evakuiert gewesen ist. Jetzt haben sie ihn aus seinem Amt hinausgeschmissen, weil er Pg war. Ach ja, das ist auch so ein Gutedel... Er hat halt Angst g'habt. Jetzt kratzt er als Bauarbeiter Backsteine ab. Er sagt: So büßt man seine Dummheit ab; wär's anders ausgegangen, so wär ich jetzt gescheit. Ach, Tamara, ich glaub, wir sind alle gleich blöd. S'ist kein großer Unterschied zwischen uns. Mieter haben sie mir auch ins Haus hereingesetzt. Das ist in Ordnung. Es sind nette Leut', die haben alles verloren. Aus Ostpreußen. Ich kann arg froh sein, Tamara. Ich habe Glück gehabt.«

Sie trank noch ein Glas Schnaps und legte mir den Arm um die Schultern. Jetzt war auch Frau Heyn angesäuselt. Greco trank und sagte: »Wir mußten nicht durch den Abflußkanal schwimmen. Aber was ist besser: So oder so?« – »So«, sagte ich und biß mir auf die Lippen. Die kann zufrieden sein, dachte ich. Das Mädchen lächelte und lachte. Eine Verschmitzte, eine Beschwipste oder eine, die sich tarnte mit Beschwipstheit? Sie plauderte, und ich spitzte die Ohren. »Ich habe so nette Freunde: Eine Dame, die war schon zweimal verehelicht – ja, so oft hat sie's probiert, ein mutiges Mädchen –, einen Bildhauer, einer der Feuilletons schreibt und so weiter. Zu denen geht man hin, dort plaudert man, lacht, plauscht, schwatzt und geht wieder. Und kann wiederkommen, wann's einem behagt... Und dann: Wissen Sie, ich kenne aus der Vorkriegszeit –« sie hob ihren zarten Zeigefinger, »einen jungen Mann. Wenn der nun aus der Gefangenschaft zurückkommt, und ich merke: Er schmatzt beim Essen, oder er hat sich das Trinken angewöhnt...« sie nahm einen Schluck Whisky, »oder seine Manieren sind rauh geworden, oder er kommt mir nicht mehr so hübsch vor – wie soll ich mich da verhalten? Wissen Sie mir keinen Rat?« Ich sagte: »Leider nein«, und dachte: Die ist vergeistigt, die ist eine Verfeinerte. Dann fuhr sie fort: »Wenn mich meine Bekannten mit Frau Heyn sehen, denken sie: Das ist aber eine kleine Frau...« Sie lachte und gluckste leise.

»Frau Heyn hat eine klare Gesinnung. Die weiß wenigstens, was sie will«, sagte ich und schaute hinüber zu Olga aus Ljubino Pole. Sie saß im dunkelroten Samtkleid an der Wand unter ihren Freunden.

Schwarze Ohrringe klunkerten neben ihrem Hals. Sie rauchte aus einer langen Zigarettenspitze, lachte und lehnte ihrem Nachbarn den hochblonden Kopf an die Schulter. Mir gegenüber hatte Kassandra ihren dicken Kopf auf die Arme gelegt und blinzelte ins Glas, das sie vor eine Kerzenflamme hielt. Dann spielte sich die Hagere als Zirkusaffe auf. Sie war im Trainingsanzug. Frau Vogel lag auf einer Bank und schnarchte.

Sie sangen den »Roten Sarafan«. »Deutsche Leute und russische Leute singen dasselbe Lied«, sagte das bleiche Mädchen. »Woher wissen Sie das?« fragte ich.

»Weil sie es singen«, sagte sie. Professor Sellin flüsterte mir zu: »Sagen Sie es jetzt Herrn Garett. Es ist Zeit.«

Ich stellte mich hinter Garett und sagte: »Franka bekommt ein Kind von dir.«

Langsam drehte er sich um und sah mich an. Er bekam nasse Augen. Er stammelte: »Oh, wonderful... Ich werde haben einen Buben... Wonderful... Fräulein Franka Lander, ich heirate Sie morgen.« Franka lächelte und schaute geradeaus.

Kassandra hatte es gehört. Sie hob den dicken Kopf und sagte zu Franka: »Ja waas! Du machst aber a guate Partie! I wünsch dir auch a scheene Entbindung!«

»Es ist gewesen ein schönes Fest. Ich danke dir«, sagte Franka, als Garett weggefahren war. Wir standen in der dunklen Füsilierstraße. »Wir gehen noch ein Stückchen auf und ab? Die frische Luft ist gut.«

Frankas Absätze klopften auf dem Pflaster. »Es lieb war von dir, daß du Garett gesagt hast: Sie kriegt ein

Kind. Ich hab ihm erzählt, daß es war Schwindel. Ja... Warum sollte ich nicht zu ihm sagen: Es war Schwindel, aber die Tamara hat es gut gemeint. Du mußt mich nicht heiraten, Garett. Tamara glaubt, daß es schlimm mit mir steht, und die anderen in der Füsilierstraße glauben's auch. Es war auch schlimm für mich, ich geb es zu...« Sie atmete die Nachtluft ein: »Schöne Nacht, Tamara. Und jetzt? Du weißt, daß es gewesen ist zum letztenmal?« Sie stand unter einer Lampe und schaute auf ihre Nägel. »Was?« fragte ich. »Daß Garett bei uns war. Er geht übermorgen fort. Früher als gedacht muß er nach Hause. Das Oberkommando jetzt entläßt viele Soldaten. Er ist auch dabei. Ja, nix ist dagegen zu machen.«

»Tamara! Franka!«

Olga aus Ljubino Pole rief uns an. Sie kam hergelaufen, schwitzend, lachend, und warf eine Zigarette fort. »Wir gehen nach oben! Kommt herauf! Wir machen weiter, bis es hell wird!«

»Was heißt ›wir‹?« fragte ich.

»Meine Freunde. Lauter Russen. Landsleute, Tamara! Warum stellst du dich abseits? Warum stellt sich Franka abseits? Das ist doch unnötig... Wißt ihr, wir haben uns alle gemeldet: Wir fahren heim. Hier bleiben wir doch immer fremd. Und ich... entschuldigt bitte, wenn ich's offen sage, ich denke: Ihr solltet mit uns fahren. Ja. Wollt ihr nicht?«

»Doch. Wir wollen«, sagte ich. Auch Franka sagte: »Doch«, nur klang es leiser. Und Arm in Arm gingen wir hinauf zu denen, die droben den Boden stampften.

Wir sprachen mit den Leuten der Kommission, die uns in die Heimat bringen sollten, und mußten Formulare ausfüllen. Das muß man auf der ganzen Welt.

Einmal, auf dem Rückweg vom Büro unserer Kommission, ging ich mit Franka Arm in Arm durch eine Gasse. Ein Tisch mit geschweiften Beinen stand auf dem Trottoir. Eine grün gefleckte Zeltbahn, wie sie im Krieg die Soldaten gehabt hatten, war über ihn gelegt. Ein solcher Tisch war in der Glasveranda des Gutshofs gestanden, und Abel hatte mit der Schreibmaschine darauf geklappert. Das Mädchen war hereingetänzelt und hatte gesagt: »Man muß immer heiter in die Zukunft schauen, mein lieber Herr Abel Heyn!« Wir gingen am Schaufenster einer Metzgerei vorbei. Es war leer. Ein junger Mann mit Brille, der eine schwarz gefärbte Uniform trug, ließ eine Puppe in blauem Kleid auf dem Asphalt tanzen. Die Puppe verneigte sich und legte einen Zettel auf den Boden. Darauf stand: »Besuchen Sie den Zirkus Phoenix in den Flußauen.« – »Dort gehen wir hin«, sagte ich zu Franka. Franka sagte: »Weil der Puppenspieler dem Abel Heyn gleicht?«

Wir fuhren mit der Straßenbahn zu den Flußauen hinunter. Ein weiter, goldrauchiger Abendhimmel breitete sich aus. Wir stiegen auf der alten Brücke aus. Unten dehnten sich leere und trockene Wiesen mit zertretenem Gras. Es waren keine Wohnwagen, keine Zelte, keine Traktoren da. Wir suchten den Zirkus Phoenix. Jetzt, im Zwielicht, hätten die Lampen auf dem Rücken des Chapiteaus geglüht und Blechmusik hätte geklungen, wenn es ein großer Zirkus gewesen wäre. »Der Zirkus sicher klein ist und liegt weit droben«, sagte Franka. Sie deutete über die Wiesen, die schleierdunstig sich erstreckten. In der Ferne wuchs ein weißer Wolkenpilz überm Gaskessel in die Höhe. Wir gingen weiter. Die Flußebene war grau und rauchig, dahinter glühten die Hügel mit braunen Dörfern wie Tierbauden, Unterschlupfe für Wiesel oder Kaninchen. »Menschliche Siedlungen sehen von weitem wie Maulwurfshügel aus«, sagte ich. – »Mehr sind sie vielleicht auch nicht. Wir nicht viel bedeuten, Tamara. Auf uns kann man verzichten.« – »Wen meinst du mit ›man‹?« fragte ich. Sie gab mir keine Antwort.

Nirgends war der Zirkus Phoenix. Er ist sicher da, nur sehen wir ihn nicht; dachte ich. Ein Papier wurde über den Pfad ins dürre Gras geweht. Franka hielt das Blatt mit dem Schuh fest. Ich las: »Besuchen Sie den Zirkus Phoenix.« Es war ein Zettel, wie ihn die Puppe auf den Asphaltboden der Gasse gelegt hatte, durch die ich mit Franka gegangen war, die Puppe an den langen schwarzen Fäden in der Hand des jungen Mannes, der mich an Abel Heyn erinnert hatte.

Dann kam der Tag der Abfahrt. Professor Sellin fuhr uns in seinem alten Ford zum Bahnhof. Dort fiel ein Gewitterregen in die aufgerissene Halle. Ich sah hinauf zum dunklen Himmel. Ein Blitz, der sich wie weiße Adern verzweigte, rieselte über die Wolken. Der Donner blieb dumpf in der Ferne. Wir gingen über Treppenstufen, in denen Gesteinssplitter glitzerten. Von oben kamen Männer in schwarz gefärbten amerikanischen Militärmänteln herunter, Seesäcke auf dem

Rücken. Einer davon trug eine Brille und lächelte über mich hinweg; er sah mich nicht.

Wir waren ein ganzer Schwarm, etwa so viele wie die Deutschen, die von oben herunterkamen. Wir stiegen hinauf.

Auch Franka schaute sich nicht mehr um.

Von Hermann Lenz
erschienen im Suhrkamp Verlag

Der Kutscher und der Wappenmaler. Roman. 1975. *Bibliothek Suhrkamp* Band 428. 177 S.
Dame und Scharfrichter. Erzählung. 1976. *Bibliothek Suhrkamp* Band 499. 140 S.
Die Augen eines Dieners. Roman. 1976. *suhrkamp taschenbuch* Band 348. 223 S.
Spiegelhütte. Roman in drei Erzählungen. 1977. *Bibliothek Suhrkamp* Band 543. 246 S.
Das doppelte Gesicht. Drei Erzählungen. 1978. *Bibliothek Suhrkamp* Band 625. 312 S.
Verlassene Zimmer. Roman. 1978. *suhrkamp taschenbuch* Band 436. 223 S.
Andere Tage. Roman. 1978. *suhrkamp taschenbuch* Band 461. 260 S.
Neue Zeit. Roman. 1979. *suhrkamp taschenbuch* Band 505. 392 S.

Von Hermann Lenz
erschienen im Insel Verlag

Neue Zeit. Roman. 1975. 391 S.
Der Tintenfisch in der Garage. Erzählung. 1977. 139 S.
Tagebuch vom Überleben und Leben. Roman. 1978. 318 S.
Die Begegnung. Roman. 1979. 204 S.

suhrkamp taschenbücher

st 446 Fünf Minuten pro Patient
Eine Studie über die Interaktionen in der ärztlichen Allgemeinpraxis
Herausgegeben von Enid Balint und J. S. Norell
Aus dem Englischen von Käthe Hügel
256 Seiten
»Das Buch ... hat etwas von der Inspiration und von der selbstkritischen Skepsis, der Offenheit für menschliche Probleme wie auch der Einsicht in die Begrenztheit eigener Möglichkeiten, die den guten Arzt heute wie eh und je auszeichnen.« *Walter Bräutigam, FAZ*

st 447 Ciro Alegría, Die hungrigen Hunde
Roman
Deutsch von Wolfgang A. Luchting
Mit einem Nachwort von Walter Boehlich
184 Seiten
Die Symbiose Mensch–Tier und ihre Störung sind das Thema des Romans. Die Indios und die Cholos, Schafzüchter der peruanischen Anden, verbindet mit ihren Hirtenhunden eine urtümliche, notwendige Lebensgemeinschaft.

st 448 Gert Ueding (Hrsg.), Materialien zu Hans Mayer, »Außenseiter«
218 Seiten
Der Band versucht, der inneren Struktur des Buches »Außenseiter« von Hans Mayer gerecht zu werden. Er versammelt Texte und Gespräche Hans Mayers, die in Rede und Gegenrede das Problem der Außenseiter auch theoretisch erneut zur Diskussion stellen. Selbst die meisten Rezensionen, von denen die wichtigsten hier doku-

mentiert werden, können als Bestandteil des Gesprächs verstanden werden, das Mayers großer Essay über die Außenseiter eröffnet hat.

st 449 Herbert Achternbusch, Die Stunde des Todes
Roman
100 Seiten
»Wie dieser Autor aus Querulantentum und Phantasie, eine bayrisch-bäuerische Kindheit im Rücken, Poetisches erschafft, das kann man sich mit seinem Roman unter die Haut lesen.« *Frankfurter Rundschau*

st 450 Literatur aus der Schweiz. Texte und Materialien
Herausgegeben von Egon Ammann und Eugen Faes
540 Seiten
Zur Förderung eines literarischen Klimas in und über die Grenzen der Schweiz hinaus soll dieser Band, als Spielfeld heutiger Tendenzen, bekannten und unbekannten Autoren Raum bieten. Dieses Buch versteht sich nicht als Anthologie in bekannter Manier; es will als *Almanach*, der nach Fortsetzung verlangt, Lese-, Arbeits- wie Kursbuch sein und versammelt neuere Arbeiten aus allen Bereichen schriftstellerischen Schaffens.

st 451 Ernst Bloch, Spuren
232 Seiten
»Unter Blochs Büchern ist dies, das den Titel »Spuren« trägt, wohl unstreitig sein schönstes. So gesammelt, so absichtslos und unangestrengt hat er vorher und hinterher kaum je wieder geschrieben. Erzählung und Philosophie sind hier eine fast bruchlose Verbindung eingegangen, die Reflexion begnügt sich, die erzählte Anekdote transparent zu machen.«
Jürgen von Kempski, Hessischer Rundfunk

st 452 Peter Handke, Die Stunde der wahren Empfindung
176 Seiten
»Das Glück dieses Buches, das artistische Gelingen kommt aus der Leidenschaft, mit der es die Verschlingungen und Lösungen eines Bewußtseinsprozesses erzählend miterlebt, vom tödlichen Ekel vor der Penetranz der Dinge bis zum überraschenden Jubel über ihr bloßes Vorhandensein.« *Süddeutsche Zeitung*

st 453 Martin Kessel, Herrn Brechers Fiasko
Roman
Mit einem Nachwort des Autors
516 Seiten
Martin Kessel erzählt davon, wie eine Gruppe von Angestellten im hektischen Berlin der 20er Jahre, den Büroalltag, die Normalität der Arbeitswelt und auch ihre Unterdrückungsvorgänge erlebt. »Wie diese Leute sich vertragen, was sie sich gegenseitig antun, mit welchen Illusionen und Utopien sie abgespeist werden, wie sie inmitten der Funktionalität ihr privates Reservat verfechten und wie schließlich das größere Gemeinwesen einer Stadt, hier ist es Berlin, über sie hinweggeht«, das sind, mit Martin Kessels Worten, aktuell gebliebene Erfahrungen.

st 455 Reinhold Schneider, Der Balkon
Aufzeichnungen eines Müßiggängers in Baden-Baden
Mit einem Nachwort von Pirmin A. Meier
186 Seiten
»Der Müßiggänger ist so einfühlend und empfindungsreich, daß zwischen den Schattenmassen der Historie, den mächtigen Umrissen der Großen, den Höhlungen der Mühe, Kümmernisse und der Armut, den vielen Gräbern, den überstandenen partiellen Weltuntergängen die Landschaft von weitem aufspringt, ein silberner Trost, ein befreiender Atemzug.«

Benno Reifenberg, Die Gegenwart

st 456 Erich Köhler, Hinter den Bergen
Roman
368 Seiten
Das war vor mehr als dreißig Jahren, der Krieg war eben zu Ende gegangen. Hinter den Bergen liegt ein Dorf, das in seiner Weltabgeschiedenheit nach einer eigenen Ordnung im Chaos sucht. Der Wettlauf zwischen Utopie und Wirklichkeit, das ist das Motiv dieses Romans. Ein Erzählwerk voller Weisheit und Humor, aus einer sinnlichen Sprache gemacht und kraftvoll gestaltet.

st 457 Basis. Jahrbuch für deutsche Gegenwartsliteratur
Band 8
Herausgegeben von Reinhold Grimm und Jost Hermand
264 Seiten

Mit Beiträgen von Helmut Kreuzer, Jost Hermand, Peter Uwe Hohendahl, Wolfgang Emmerich, Christine Cosentino u. a.
Ohne methodisch festgelegt zu sein, sucht *Basis* eine Literaturbetrachtung zu fördern, die an der materialistischen Grundlage orientiert ist.

st 458 Lese-Erlebnisse 2
Herausgegeben von Heinrich Pleticha
202 Seiten
Für viele ist irgendwann einmal in der Kindheit die Lektüre eines Buches zum Erlebnis geworden. Aus mehr als fünfhundert Autobiographien, Briefsammlungen, Tagebüchern u. ä. hat der Herausgeber Textstellen zusammengetragen, in denen Männer und Frauen verschiedenster sozialer Herkunft über ihre Kinder- und Jugendlektüre, ihre Leseeindrücke und die Nachwirkungen solcher Lektüre berichten. – Der Band *Erste Lese-Erlebnisse* erschien, von Siegfried Unseld herausgegeben, 1975 als *suhrkamp taschenbuch* Band 250.

st 459 Stanisław Lem, Sterntagebücher
Mit Zeichnungen des Autors
Aus dem Polnischen von Caesar Rymarowicz
Phantastische Bibliothek Band 20
496 Seiten
Mit dem Erzählungs-Zyklus über die Erlebnisse des Weltraumfahrers Ijon Tichy, eines kosmischen Münchhausens der künftigen Jahrhunderte, ist Lem ein literarisch großer Wurf gelungen. Paradox, einfallsreich, sprühend vor Ideen, hat Lem konventionelle Methoden von Satire und Allegorie übernommen und sie parodistisch gegen die Science-fiction gekehrt. Ins Spiel der freien Phantasie mischen sich jedoch ernste philosophische Spekulation und politische Anspielung.

st 460 Franz Rottensteiner (Hrsg.), Polaris 4
Ein Science-fiction-Almanach
Phantastische Bibliothek Band 21
192 Seiten
Polaris 4 sucht dem Mangel an Information über die Science-fiction des Nachbarn Frankreich abzuhelfen. Die französische SF ist in der Regel mehr abenteuerlich als

rational kalkulierend, mit einem Zug zur Mystik und einem vage sentimental gefärbten Lyrizismus. Der Almanach enthält u. a. Texte von J. H. Rosny aîne, Maurice Renard, Ion Hobana, Jean-Pierre Vernier, Gérald Klein, J. P. Andrevon, Pierre Boulle.

st 461 Hermann Lenz, Andere Tage
Roman
260 Seiten
Über diesen zweiten Band der Autobiographie von Hermann Lenz, dem Träger des Büchner-Preises 1978, nach *Verlassene Zimmer* (st 436) schreibt Karl Schwedhelm: ». . . aus der Summe des vordergründig Beiläufigen ergibt sich das tief Bedrohliche eines langsamen Zerstörungsprozesses. Diese unmerkliche Progression des Schreckens hinter banalen Einzelvorgängen hat Hermann Lenz mit sensibler Sprachkunst gegenwärtig gemacht. Aus der lärmenden Zeit wurde ein stilles Buch. Doch seine Stille ist unheimlich.« Der dritte Band der Autobiographie, *Neue Zeit*, erscheint Anfang 1979 als st 505.

st 462 Ernst Penzoldt, Der arme Chatterton.
Geschichte eines Wunderkindes
168 Seiten
Der arme Chatterton ist Penzoldts frühester Roman, der 1928 erstmals im Insel Verlag erschienen ist. Er erzählt die Geschichte des 18jährig gestorbenen englischen Dichters Thomas Chatterton (1752–1770), der am Unverständnis seiner Umwelt zerbricht. »Ein Prachtstück, ein überaus liebenswertes Buch. Ein Buch für Zigeuner und Zaungäste des Lebens.« *Hermann Hesse*

st 463 Franz Fühmann, 22 Tage oder Die Hälfte des Lebens
240 Seiten
»Fühmanns die Hälfte des Lebens bilanzierendes Tagebuch, in dem er uns als ein mit der ganzen Person für seine Erfahrungen, für seine Irrtümer und seine spät errungenen Einsichten einstehender Autor gegenübertritt, ist das bewegende, ja oft überwältigende Zeugnis einer Befreiung zu sich selbst, dessen beispielsetzende Bedeutung noch kaum abzuschätzen ist.«
Wolfgang Werth, Deutschlandfunk

st 464 Marcel Proust, Briefe zum Leben
Ausgewählt und aus dem Französischen übersetzt von Uwe Daube
2 Bände zus. 742 Seiten
In dieser Briefauswahl läßt sich fast Woche für Woche, die *vie intime* Prousts verfolgen, seine Auseinandersetzungen mit der geliebten Mutter, seine Jugendfreundschaften, seine Jugendlieben, seine Anschmiegsamkeit wie seine Tyrannei, seine unendlich beharrlichen und raffinierten Versuche, Eingang in die »Gesellschaft« von Paris zu finden, seine eingebildeten und seine echten Geldnöte, seine Reisen und Krankheiten und schließlich sein langwährendes Hinsterben. – Marcel Proust, *Briefe zum Werk,* erschien als st 404.

st 465 Franz H. Mautner, Nestroy
Mit Abbildungen
480 Seiten
Dieses Buch ist ein »Versuch, den ganzen Nestroy darzustellen«. Der erste Teil beschreibt die Voraussetzungen Nestroys, der zweite bringt eine detaillierte Analyse der einzelnen Stücke, und unter dem Titel »Die Wirkung« verfolgt Mautner nicht nur den Weg des Nestroyschen Werkes bis in unsere Zeit, er zeigt auch auf, wer und in welcher Weise die Tradition und Methode Nestroys heute weiterführt und anwendet.

st 466 Ror Wolf, Pilzer und Pelzer
Eine Abenteuerserie
206 Seiten
Für die Neuausgabe von *Pilzer und Pelzer* hat Ror Wolf unter dem Titel *Rückkehr und endgültiges Verschwinden von Pilzer und Pelzer* drei Prosastücke zusammengefaßt, in denen das Abenteuerleben der beiden Titelfiguren seinen Abschluß findet.
»*Pilzer und Pelzer,* diese sprachliche Chaplinade voller spaßhafter Effekte und voller hintersinniger Komik, darf den hierzulande sehr raren Kabinettstücken des literarischen Witzes zugezählt werden.«

Wolfgang Werth, Der Monat

st 468 Alter als Stigma oder Wie man alt gemacht wird
Herausgegeben von Jürgen Hohmeier und Hans-Joachim Pohl
192 Seiten
Die einzelnen Beiträge gehen von der These aus, daß die für unsere Gesellschaft charakteristische Ausgliederung älterer Menschen nicht auf biologischen oder psychologischen Altersprozessen und auch nur mittelbar auf dem sozialen Funktionsverlust beruhen: das Stigma »Alter« ist in den Einstellungen zu alten Menschen, in den Erwartungen, die in alltäglichen Kontakten an ältere Menschen gestellt werden, in der Ausgrenzung aus gesellschaftlichen Lebensbereichen wie Arbeit und Freizeit und im Umgang der Institutionen mit den Alten ebenso nachzuweisen wie in dem Bild, das alte Menschen von sich selbst haben.

st 469 Adolfo Bioy Casares, Tagebuch des Schweinekriegs
Roman
Aus dem Spanischen von Karl August Horst
224 Seiten
Der Krieg der Jungen gegen die Alten ist nicht so sehr Absage der Jugend an die Vergangenheit wie Aufruhr gegen die Bilder ihrer eigenen Zukunft. Während der Schreckensereignisse verhalten sich die Alten verschieden: geil, geldgierig, würdelos, angstvoll versagend. Vidal, der Protagonist der Jungen, besteht den Krieg in ähnlicher Weise wie sein bisheriges Leben. Er ist, ohne es im geringsten zu wissen, ein Held.

st 471 Jörg Steiner, Strafarbeit
Roman
168 Seiten
Der 1962 entstandene Roman *Strafarbeit* ist der Bericht eines Gefangenen, der sich seine Flucht erträumt, der widerspenstig und sehnsüchtig die Träume durchexerziert, unerbittlich seine Unfreiheit kontert.
»Steiner baut seinen Roman modern, aber ohne modische Allüre. ... Das formale Experiment ist Folge und Notwendigkeit, nicht Anlaß, es ist nicht zuletzt Methode, Glaubwürdigkeit gelingen zu lassen. In ihrem Dienst

steht auch die Sprache, eine stille, zurückgenommene Sprache.« *Heinz S. Schafroth*

st 472 Hermann Broch, Die Schlafwandler
Eine Romantrilogie
Kommentierte Werkausgabe Band 1
Herausgegeben von Paul Michael Lützeler
762 Seiten
Broch schrieb sein Erstlingswerk *Die Schlafwandler* in den Jahren zwischen 1928 und 1932. In dieser Trilogie wird die Epoche Wilhelms II. zwischen 1888 und 1918 querschnitthaft geschildert und analysiert, wobei nicht nur die Realistik der Darstellung, sondern auch die subtile psychologische Schilderung besticht.

st 473 Richard Ellmann, James Joyce
Herausgegeben von Fritz Senn. Übersetzt von Albert W. Hess, Klaus und Karl H. Reichert
Mit Abbildungen
2 Bände zus. ca. 1216 Seiten
Wie ein literarischer Detektiv ist Ellmann den Lebensumständen und -beziehungen des Dichters nachgegangen. Er entdeckt z. B. die Frau, die Joyce zur Gestalt der Molly Bloom inspirierte, und legt so das Gerüst bloß, auf dem die Werke von Joyce aufgebaut sind. Shaw, Yeats, Proust, Hemingway, Italo Svevo sind nur einige der vielen literarischen Persönlichkeiten, deren Beziehungen zu Joyce in diesem Buch geschildert werden.

st 474 Manuel Puig, Der schönste Tango der Welt
Ein Fortsetzungsroman
Deutsch von Adelheid Hanke-Schaefer
240 Seiten
Puig hat mit diesem Roman ein Musterbeispiel und die Parodie des in Argentinien beliebten Radio-Fortsetzungsromans geschrieben. Die Handlung ist eine in die dreißiger Jahre versetzte argentinische Variante des *Schnitzlerschen* Reigens.
»Puig ist ein gegen jede traditionelle Form rebellierender Erzähler, ein Zerstörer, aber zugleich auch ein Neuerer, der durch seine rigorose Schreibweise den lateinamerikanischen Roman revolutioniert.« *Peter Jokostra*

st 478 Stefan Grabiński, Das Abstellgleis
und andere Erzählungen
Ausgewählt und übersetzt von Klaus Staemmler
Mit einem Nachwort von Stanisław Lem
Phantastische Bibliothek Band 23
300 Seiten
»Wie Lovecraft macht auch Grabiński verschiedene Außenseiter, Einsiedler und Sonderlinge zu Helden seiner Geschichten, impulsive, einsame, wie er selbst introvertierte Männer, die den Anforderungen des brutalen Alltags nicht gewachsen sind.« *Marek Wydmuch*

st 479 Es gab keinen besseren Bruder
Novelle von Maksud Ibragimbekow
Aus dem Russischen von Charlotte Kossuth
112 Seiten
Die Erzählung des aserbeidschanischen Schriftstellers Ibragimbekow ist mit allen Feinheiten, mit Verständnis und ironischer Distanz ausgezeichnet, wenn er das psychologische Porträt eines Bürgers zeichnet, dessen Leben in Enge erstarrt und der nur in seinen erotischen Träumen die Sehnsucht nach Ausbruch und Erfüllung verrät. Es ist ein Buch unserer Zeit.

st 480 Hans Mayer, Richard Wagner in Bayreuth 1876–1976
Mit Abbildungen
216 Seiten
». . . verläßlich recherchiert, hat diese Geschichte Bayreuths allen anderen eines voraus: Ein kaum noch überbietbares Maß an Objektivität, das sich aus Distanz und Leidenschaft ergibt . . . ein solide gearbeitetes, jederzeit zitierfähiges Buch.« *Süddeutsche Zeitung*

st 481 Walter Hinck, Von Heine zu Brecht
Lyrik im Geschichtsprozeß
156 Seiten
Inhalt: Ironie im Zeitgedicht Heines. Exil als Zuflucht der Resignation. Epigonendichtung und Nationalidee. Metamorphosen eines Volkslieds. Alle Macht den Lesern, Zur Lyrik Brechts. Das lyrische Subjekt im geschichtlichen Prozeß oder Der umgewendete Hegel.

st 483 Über Robert Walser, Band 1
st 484 Über Robert Walser, Band 2
Herausgegeben von Katharina Kerr
Band 1: 218 Seiten
Band 2: 488 Seiten
Mit dem Erscheinen der Werkausgabe Robert Walsers und seiner Briefe ist, verbunden mit einem allgemeinen neuen Interesse an der Literatur des ersten Jahrhundertdrittels, das Interesse am Werk Robert Walsers gestiegen. Von ihm gehen heute Anregungen auf ein breiteres Publikum aus. *Über Robert Walser 1* bringt wichtige Arbeiten der frühen kritischen Walser-Rezeption, *Über Robert Walser 2* neuere, z. T. noch unveröffentlichte Arbeiten aus jüngerer Zeit.

st 485 Hansgerd Schulte (Hrsg.), Spiele und Vorspiele
Spielelemente in Literatur, Wissenschaft und Philosophie
138 Seiten
Pierre Bertaux, der französische Germanist und Hölderlin-Forscher, hat sich während seines vielgestaltigen Lebens auch mit der Funktion des Spieles in Literatur, Wissenschaft und Philosophie befaßt. Er mißt dem Spieltrieb eine ebenso zentrale Funktion für den Menschen und sein Verhalten bei wie etwa Freud dem Sexualtrieb. Bertaux' 70. Geburtstag schien ein reizvoller Anlaß, einige seiner Freunde und namhafte Wissenschaftler um einen Beitrag zu dem Spielthema zu bitten – jeweils aus ihrer Sicht und im Zusammenhang mit den eigenen Forschungsinteressen. Mit Aufsätzen von Hellmut Becker, Walter Höllerer, Robert Jungk, Golo Mann, Hans Mayer, Georg Picht, Peter Wapnewski.

st 486 Molière, Drei Stücke. Deutsch von Tankred Dorst
178 Seiten
»Diese Übersetzungen und Bearbeitungen sind entstanden auf der Suche nach einem neuen Molière: nicht dem zierlichen, den es schon gab, nicht dem charmanten, nicht dem literarischen Molière. Ich wollte die vitale Kraft wiederentdecken, die einmal in ihm gesteckt haben muß, denn wie sonst hätte er so viel Wut, Erbitterung und so viel befreiendes Gelächter hervorrufen können? *Tankred Dorst*
Inhalt: Der Geizige. Der eingebildet Kranke. George Dandin.

st 487 Christiane Rochefort, Kinder unserer Zeit
Roman
164 Seiten
Ein kleines Mädchen erzählt seine Geschichte. Es wächst auf in einer Kinderreichen-Siedlung am Stadtrand von Paris, in einer uniformen, kleinbürgerlich geregelten, staatlich subventionierten Welt. Es empört sich gegen den dumpfen Schematismus einer Lebensplanung, die nichts anderes kennt als das Denken an einen Standard der Eisschränke und Fernsehapparate in der Atmosphäre des Sozialen Wohnungsbaus, in der Kinder dazu dienen, die Teilhabe am Komfort der Neuzeit zu finanzieren.
»Ein knapp erzähltes Buch, bitter in seiner Anschaulichkeit und Illusionslosigkeit, eine einzige unsentimentale, satirisch gefärbte Anklage – ein Zeichen der Zeit.«
Neue Zürcher Zeitung

st 489 Karin Struck, Die Mutter
Roman
386 Seiten
»In diesem Buch werden Mutter und Mütterlichkeit ..., wenn auch mit vielen schwermütigen Reserven, gepriesen; und auch noch Heimat, sogar Volk und außerdem noch die Erde. ... Karin Struck holt etwas nach und auf, ... das ihr und ihrer Generation in der auf bloße Reflexe reduzierten Rechts-Links-Auseinandersetzung zwischen demagogischer Heimatvertriebenenpolitik und Heimatverachtung vorenthalten wurde.« *Heinrich Böll*

st 490 Max Brod, Tycho Brahes Weg zu Gott
Roman
Mit einem Vorwort von Stefan Zweig
276 Seiten
»Nichts ist bloß Einfall, dekoratives Detail in diesen Romanen, zufällig aufgelesener, aus Büchern gelesener Stoff, der koloristisch verlockt, sondern aus einer Notwendigkeit der Aussagen und des Bekennens stellt nun der Dichter seine Gestalten gegen die Welt, um sich selbst in ihnen und sich die Welt durch sie zu erklären.« *Stefan Zweig*

st 491 Christiaan L. Hart Nibbrig
Ästhetik
Materialien zu ihrer Geschichte. Ein Lesebuch
344 Seiten
Dieses Lese- und Arbeitsbuch versammelt im Sinne einer historischen Collage Gedanken zum Phänomen der Schönheit und der Kunst von der Antike bis in unsere Tage. Kurze Stichworte umreißen jeweils einleitend Ansatz und Position von mehr als hundert Autoren, die hier zu Wort kommen. Sie vertreten nicht nur den Bereich der Theorie, sondern auch der Literatur, der bildenden Kunst und der Musik.

st 492 György Konrád, Der Besucher
Roman
Aus dem Ungarischen von Mario Szenessy
Mit einem Nachwort von Walter Jens
208 Seiten
»Konrád hat ein uraltes Motiv gewählt: Ein König, vom Herrschen angewidert und gelangweilt, verspürt plötzlich Lust, sich unter seine Landeskinder zu mischen. ... Nur ist diesmal der ›Herrscher‹ ein Fürsorgebeamter. Seinen Reden – einem Sturzbach von beruflichen Erlebnissen, von Betrachtungen, Episoden aus dem Leben der Ausgestoßenen –, den Reden des Helden entnimmt man allmählich, daß er eine Veränderung seiner Situation herbeisehnt.« *Frankfurter Rundschau*

st 494 Machado de Assis
Postume Erinnerungen des Brás Cubas
Nachträge zu einem verfehlten Leben
Roman
Aus dem Brasilianischen übersetzt von Erhard Engler
286 Seiten
Was Brás Cubas uns von jenseits des Grabes mitteilt, ist nichts weniger als ein Bildungsroman. Es sind die Erlebnisse, Erfahrungen und Einsichten eines Müßiggängers und der Handvoll Personen seines Umkreises. Lange, kurze, kürzeste und blankgelassene Kapitel vermitteln uns seine häufig – stets zu unserem innigen Vergnügen – durch Reflexionen, Vertraulichkeiten, Apropos, Anekdoten, Bonmots unterbrochene Lebensbeichte.

st 496 Dieter Kühn, Stanislaw der Schweiger
Roman
168 Seiten
Stanislaw der Schweiger spielt im 19. Jahrhundert in den unheimlichen Karpaten, wo, wie man weiß, die Vampire zu Hause sind. Doch Graf Stanislaw ist kein gieriger Blutsauger. Er, der nie ein Wort sagt, ist ein Wort-Vampir: er saugt Wörter und Geräusche in sich auf, ist ein »akustischer Allesfresser«.
». . . ein toller Spaß, der sich nicht selten ins Unheimliche, Beklemmende steigert.« *Günter Blöcker*

st 498 H. C. Artmann, ein lilienweißer brief aus lincolnshire
Gedichte aus 21 Jahren
herausgegeben und mit einem Nachwort von Gerald Bisinger
mit einem Porträt H. C. Artmanns von Konrad Bayer
528 Seiten
Dieser umfangreiche Band vereinigt über 450 Gedichte von Artmann und bringt zudem in einem Anhang die Gedichte, die Hannes Schneider aufgefunden hat, nachdem diese Sammlung 1969 erstmals erschienen war. »Wir haben meines Wissens zur Zeit im deutschen Sprachraum keinen Verwandlungskünstler ähnlichen Ausmaßes und verwandter Gescheitheit wie H. C. Artmann.«
Karl Krolow

st 520 Fritz J. Raddatz, ZEIT-Gespräche
Zehn Dialoge mit Günter Grass, Rolf Hochhuth, Thomas Brasch, Joseph Breitbach, Alfred Grosser, Alberto Moravia, Leszek Kolakowski, Susan Sontag, James Baldwin, Hans Mayer
162 Seiten
Im Mittelpunkt dieser zehn Dialoge steht die Frage nach der Verantwortlichkeit des Schriftstellers in dieser Zeit.

st 521 Hans Carossa, Ungleiche Welten
Lebensbericht
230 Seiten
Dieser in den Jahren 1944–1950 niedergeschriebene autobiographische Rückblick ist eines der aktuellsten Bücher

Carossas und darüber hinaus ein kulturpolitisches Quellenwerk ersten Ranges. Es rekapituliert die Verflechtungen der deutschen Kultur mit den politischen Ereignissen seit dem Ende des Ersten Weltkriegs und schildert die Genese und die Praktiken des Nationalsozialismus nicht aus der distanzierten Perspektive des Exils, sondern aus dem Erlebnis eines unmittelbar Betroffenen.

st 522 Walter Scheel/Hans Apel
Die Bundeswehr und wir
Zwei Reden
74 Seiten
Zur Diskussion gestellt werden in diesem Band zwei Reden, die Walter Scheel und Hans Apel vor den Kommandeuren der Bundeswehr gehalten haben: *Über die sittlichen Grundlagen von Verteidigungsbereitschaft und demokratischem Bewußtsein* und *Kontinuität in der Sicherheits- und Verteidigungspolitik der Bundesrepublik Deutschland.*

st 523 Christiane Rochefort
Zum Glück gehts dem Sommer entgegen
Roman
Aus dem Französischen von Eugen Helmlé
222 Seiten
»*Zum Glück gehts dem Sommer entgegen* ist eine Warnung an die Erwachsenen, an Eltern, Lehrer und Erzieher, ihre Kinder ernst zu nehmen und es niemals bei erzieherischer Routine bewenden zu lassen.«
Franz Rappmannsberger

st 524 Ernst Claes, Flachskopf
Aus dem Flämischen von Peter Mertens
Mit einem Vorwort und mit Bildern
von Felix Timmermans
232 Seiten
Dieser Roman, 1930 erstmals deutsch erschienen, erzählt Episoden aus der Kindheit von Lodewijk Verheyden, den man in seinem flämischen Heimatdorf wegen seiner blonden Haare nur »Flachskopf« nennt. Es ist, nach Felix Timmermans, »die Geschichte einer sieghaften Jugend, in der der Geist des Reineke Fuchs und Eulenspiegels lebt«.

Alphabetisches Gesamtverzeichnis der suhrkamp taschenbücher

Achternbusch, Alexanderschlacht 61
– Die Stunde des Todes 449
– Happy oder Der Tag wird kommen 262
Adorno, Erziehung zur Mündigkeit 11
– Studien zum autoritären Charakter 107
– Versuch, das ›Endspiel‹ zu verstehen 72
– Versuch über Wagner 177
– Zur Dialektik des Engagements 134
Aitmatow, Der weiße Dampfer 51
Alegria, Die hungrigen Hunde 447
Alfvén, Atome, Mensch und Universum 139
– M 70 – Die Menschheit der siebziger Jahre 34
Allerleirauh 19
Alter als Stigma 468
Anders, Kosmologische Humoreske 432
v. Ardenne, Ein glückliches Leben für Technik und Forschung 310
Arendt, Die verborgene Tradition 303
Arlt, Die sieben Irren 399
Artmann, Grünverschlossene Botschaft 82
– How much, schatzi? 136
– Lilienweißer Brief 498
– The Best of H. C. Artmann 275
– Unter der Bedeckung eines Hutes 337
v. Baeyer, Angst 118
Bahlow, Deutsches Namenlexikon 65
Balint, Fünf Minuten pro Patient 446
Ball, Hermann Hesse 385
Barnet (Hrsg.), Der Cimarrón 346
Basis 5, Jahrbuch für deutsche Gegenwartsliteratur 276
Basis 6, Jahrbuch für deutsche Gegenwartsliteratur 340
Basis 7, Jahrbuch für deutsche Gegenwartsliteratur 420
Basis 8, Jahrbuch für deutsche Gegenwartsliteratur 457
Beaucamp, Das Dilemma der Avantgarde 329
Becker, Jürgen, Eine Zeit ohne Wörter 20
Becker, Jurek, Irreführung der Behörden 271
Beckett, Das letzte Band (dreisprachig) 200
– Endspiel (dreisprachig) 171
– Glückliche Tage (dreisprachig) 248
– Malone stirbt 407
– Molloy 229
– Warten auf Godot (dreisprachig) 1
– Watt 46
Das Werk von Beckett. Berliner Colloquium 225
Materialien zu Becketts »Godot« 104
Materialien zu Becketts »Godot« 2 475
Materialien zu Becketts Romanen 315
Benjamin, Der Stratege im Literaturkampf 176
– Illuminationen 345
– Über Haschisch 21
– Ursprung des deutschen Trauerspiels 69
Zur Aktualität Walter Benjamins 150
Bernhard, Das Kalkwerk 128
– Der Kulterer 306
– Frost 47
– Gehen 5
– Salzburger Stücke 257
Bierce, Das Spukhaus 365
Bingel, Lied für Zement 287
Bioy Casares, Fluchtplan 378
– Schweinekrieg 469
Blackwood, Besuch von Drüben 411
– Das leere Haus 30
Bloch, Spuren 451
– Atheismus im Christentum 144
Börne, Spiegelbild des Lebens 408
Bond, Bingo 283
– Die See 160
Braun, Stücke 1 198
Brecht, Frühe Stücke 201
– Gedichte 251
– Geschichten vom Herrn Keuner 16
– Schriften zur Gesellschaft 199
Brecht in Augsburg 297
Bertolt Brechts Dreigroschenbuch 87
Brentano, Prozeß ohne Richter 427
Broch, Barbara 151
– Massenwahntheorie 502
– Philosophische Schriften 1 u. 2 2 Bde. 375
– Politische Schriften 445
– Schlafwandler 472
– Schriften zur Literatur 1 246
– Schriften zur Literatur 2 247
– Schuldlosen 209
– Tod des Vergil 296
– Unbekannte Größe 393
– Verzauberung 350
Materialien zu »Der Tod des Vergil« 317
Brod, Tycho Brahes Weg zu Gott 490
Broszat, 200 Jahre deutsche Polenpolitik 74
Brude-Firnau (Hrsg.), Aus den Tagebüchern Th. Herzls 374
Buono, Zur Prosa Brechts. Aufsätze 88
Butor, Paris–Rom oder Die Modifikation 89
Campbell, Der Heros in tausend Gestalten 424
Carossa, Ungleiche Welten 521
Über Hans Carossa 497
Carpentier, Explosion in der Kathedrale 370
Celan, Mohn und Gedächtnis 231
– Von Schwelle zu Schwelle 301
Chomsky, Indochina und die amerikanische Krise 32
– Kambodscha Laos Nordvietnam 103
– Über Erkenntnis und Freiheit 91
Claes, Flachskopf 524
Condrau, Angst und Schuld als Grundprobleme in der Psychotherapie 305
Conrady, Literatur und Germanistik als Herausforderung 214
Cortázar, Das Feuer aller Feuer 298
– Ende des Spiels 373
Dahrendorf, Lebenschancen 559
Dedecius, Überall ist Polen 195
Der andere Hölderlin. Materialien zum »Hölderlin«-Stück von Peter Weiss 42
Der Friede und die Unruhestifter 145
Der Weg der großen Yogis 409
Dick, UBIK 440
Doctorow, Das Buch Daniel 366
Döblin, Materialien zu »Alexanderplatz« 268
Dolto, Der Fall Dominique 140
Döring, Perspektiven einer Architektur 109
Dorst, Dorothea Merz 511
– Stücke 1 437
– Stücke 2 438
Duddington, Baupläne der Pflanzen 45
Duke, Akupunktur 180
Duras, Hiroshima mon amour 112